BERGDRACHE

EIN PARANORMALER LIEBESROMAN

DRACHEN-MILLIARDÄRSIMPERIUM BUCH 4

JADA COX

BENTIN BOOKS, LLC

Bergdrache

Ein paranormaler Liebesroman

Drachen-Milliardärsimperium Buch 4

Jada Cox

❀ Erstellt mit Vellum

1

KATIE

Die Tür knallte hinter Katies Chef zu, als er das kleine Büro im hinteren Teil des Schönheitssalons betrat. Sie war soeben nach einem stressigen Morgen zur Arbeit gekommen, und Carls Gesichtsausdruck nach zu urteilen, würde der Tag nicht besser werden.

„Zu spät. Schon wieder, Ms. Adams", sagte Carl. Sein rundes Gesicht war puterrot vor Wut, was seinen kurzen, braunen Schnurrbart fast komisch aussehen ließ.

„Ich habe vorher angerufen. Ich war mir nicht sicher, ob ich es überhaupt schaffen würde, um ehrlich zu sein", erwiderte Katie. „Mein Sohn war schon den ganzen Morgen krank. Ich konnte ihn so nicht in die Kita bringen, und natürlich will man ein krankes Kind nicht hier im Salon haben."

Zum Glück war ihr Sohn James nicht allzu lange krank geblieben. Er hatte am frühen Morgen ein komisches Fieber gehabt und war so verstimmt gewesen, dass er geschrien und geweint hatte, bis er wieder eingeschlafen war. Nichts hatte geholfen, das Fieber zu senken, nicht einmal die üblichen Mittel, die ihn beruhigten und früher bei Fieber geholfen hatten. Katie hatte vorgehabt, heute Nachmittag mit ihm zum Arzt zu gehen, wenn es ihm nach dem erneuten Aufwachen nicht besser gehen würde. Aber dann war er so fröhlich und gesund wie eh und je gewesen und hatte sofort wieder mit seinen Spielsachen gespielt. Da er aber krank war, konnte Katie ihn nicht in die Kita bringen, weil man nicht riskieren wollte, dass er die anderen Kinder ansteckte.

Also hatte sie James bei ihrer besten Freundin Roxanne lassen müssen, die an diesem Tag zufällig frei und auch keine Pläne hatte, die sich nicht hatten verschieben lassen. Roxanne war immer gerne bereit auszuhelfen, aber Katie wusste, dass sie das später bei ihrer Freundin würde gutmachen müssen. Sie war dankbar, eine so tolle Freundin zu haben.

Also hatte Katie, obwohl sie wusste, dass Carl sie für ihr spätes Erscheinen rügen würde, auf Roxanne gewartet, damit sie auf James aufpasste. Und dann war sie zur Arbeit gefahren.

„Er ist *dein* Kind, und das ist nicht mein Problem", sagte Carl. „Du kannst nicht seinetwegen bei der Arbeit fehlen, denn es geht nicht um dich oder ihn. Weißt du, wie viele wütende Kunden wir heute hatten, weil du nicht da warst? Du solltest froh sein, dass ich dich deswegen nicht feuere."

„Und wir sind immer noch im Verzug. Also, anstatt mich hier hinten festzuhalten, sollten Sie mich an die Arbeit gehen lassen."

Carl trat einen Schritt näher. „Die Kunden sind nicht die Einzigen, bei denen du das wiedergutmachen musst."

Katie schlang die Arme um ihren schmalen Körper. Sie hasste es, mit Carl allein zu sein. Dann fühlte sie sich immer so unwohl; sein lüsterner Blick, die Art, wie er sie von oben bis unten musterte – genau wie er es jetzt tat. Sie redete großspurig daher, als hätte sie keine Angst, ihren Job zu verlieren, aber sie brauchte ihn. Als alleinerziehende Mutter war das ihre einzige Möglichkeit, für James zu sorgen. Ihre Familie war keine große Hilfe, und, na ja, sein Vater ... Katie wollte ihn nicht um Hilfe bitten.

Aber das bedeutete nicht, dass sie Carl irgendetwas Schändliches tun lassen würde.

„Ich werde die verpasste Zeit nachholen, wenn es sein muss", sagte Katie. Das würde ihr sogar gefallen, denn sie brauchte das zusätzliche Geld, um James' Medizin zu bezahlen. Bislang hatte nichts gewirkt, und die Medikamente wurden immer teurer. Sie machte sich Sorgen, dass sie zum Arzt gehen und dieser etwas Schlimmes finden würde – und dass sie es sich nicht leisten könnte.

Katie würde alles dafür tun, damit es ihrem Sohn gut ging. Aber so verzweifelt war sie noch nicht.

Sie versuchte, sich an Carl vorbeizudrängen und aus dem Büro zu gehen, um wenigstens ins Freie zu kommen, auch wenn er sie noch nicht wieder an die Arbeit lassen wollte. Er legte eine Hand auf ihre Schulter, gerade, als sie die Tür öffnete, und ein Schauer lief ihr über den Rücken. Sie wollte sich von seiner widerlichen Berührung losreißen.

„Es gibt andere Möglichkeiten, es wiedergutzumachen", sagte Carl. „Nach Feierabend."

Katie versuchte, ganz ruhig zu bleiben, als sie seine Hand abschüttelte. Sie sah ihn nicht an, aber ihr Herz hämmerte, als sie sagte: „Nein, danke, ich bin sehr gerne bereit, Überstunden zu machen."

Er ließ sie ohne weitere Anzüglichkeiten an die Arbeit gehen. Zum Glück, denn sie hätte es keine Minute länger mit ihm in diesem Büro ausgehalten. Als sie den Flur entlang in den Personalraum ging, um Luft zu holen, bevor sie endlich mit der Arbeit begann, rieb sie ihre Schulter an der Stelle, an der Carl sie berührt hatte, als könnte sie seine Anwesenheit wegstreichen. Sie war in ihrem Leben noch keinem so abstoßenden Mann begegnet, aber sie brauchte diesen Job. Carl war ein Arschloch, aber er erlaubte Katie flexible Arbeitszeiten und damit die einzige Möglichkeit, sich richtig um James zu kümmern.

Im Personalraum brühte sie sich eine heiße Tasse Tee auf. Die matt-gelben Wände waren mit bunten Spiralen und Blumen verziert, die das Logo des Schönheitssalons darstellten. Der Flowerscape-Salon war ein Rundum-Wohlfühlort für diverse Schönheits- und Wellness-Behandlungen: Massagen, Schlammbäder, Maniküre, Haarstyling, Hautpflege und mehr. Katie beruhigte ihr rasendes Herz, indem sie mit den Augen die klaren Linien an der Wand nachzeichnete. Sie konnte nicht erklären, warum es sie beruhigte, aber es war so. Das und ein paar Schlucke von ihrem Tee, und sie war bereit, sich an die Arbeit zu machen.

Der Empfangsbereich war eine Katastrophe. Zehn Leute warteten in dem überfüllten Raum, und Misa war die Einzige, die da war, um sich um sie zu kümmern. Misas dunkelbraunes Haar war zu einem Pferdeschwanz zusammengebunden, der hin und her wedelte, während sie sich hinter der Rezeption bewegte und versuchte, so vielen Menschen wie möglich so schnell wie möglich zu helfen. Eine Frau mittleren Alters schrie sie von einem Ende der Rezeption aus an. Ein junger Mann, der versuchte, sich durch die Menge zu schieben, stieß versehentlich eine Topfpflanze um. Deren Erde verteilte sich überall, und die Spuren zogen sich bereits durch den gesamten Empfangsbereich.

Sie waren nicht nur im Verzug. Es war *die Hölle los*.

Okay. Katie musste sich zusammenreißen und alles in

Ordnung bringen, bevor die arme Misa den Verstand verlor. Sie eilte zum Tresen hinüber.

Misa sah sie erleichtert an. „Oh, Gott sei Dank, ich dachte schon, du würdest nie kommen."

„Ich kümmere mich um das hier", sagte Katie. Sie stellte ihre Teetasse auf den Schreibtisch, warf einen Blick auf den Terminplan im Computer, fand den ersten verpassten Termin und schmiedete einen Plan. „Shanal? Sind Sie hier?"

Es war die wütende Frau, die Misa angeschrien hatte. „Hi, Shanal, es tut mir so leid, wir sind heute im Verzug. Ich schenke Ihnen diesen 50%-Rabatt-Gutschein für Ihren nächsten Besuch."

Die Frau riss Katie den Gutschein aus der Hand. „Das ist das Mindeste, was Sie tun können. Sie haben meinen Tag ruiniert."

„Noch mal, es tut mir sehr leid", sagte Katie und schenkte der Frau ihr höflichstes Lächeln. „Bitte folgen Sie Misa, sie wird alles für Sie vorbereiten."

Shanal und Misa verschwanden im hinteren Bereich, und Katie wandte sich dem nächsten Kunden zu, dann dem nächsten, dann dem nächsten. Sie verschob Termine, zahlte Rückerstattungen aus, gewährte Rabatte – was immer sie tun musste, um die Leute glücklich zu machen. Am Ende stürmte nur eine Person aus dem Salon und verkündete, sie wolle nie wiederkommen.

Nachdem alle wartenden Kunden abgefertigt worden waren, bekam Katie langsam Kopfschmerzen, aber sie war noch lange nicht fertig. Sie musste konzentriert bleiben und sich durch den Rest des Tages kämpfen, damit sie nach Hause zu James gehen konnte. Sie war so besorgt um ihn. Obwohl es ihm gut gegangen war, als sie ihn bei Roxanne gelassen hatte, war das nicht das erste Mal gewesen, dass er urplötzlich krank geworden war. Und nach wenigen Stunden war er auf einmal wieder gesund geworden. Das passierte immer häufiger.

Katie holte den Besen aus dem Flurschrank und kehrte die Erde der umgestürzten Pflanze auf. Sie war jetzt überall, zog sich durch den Flur und die ganze Lobby. Das war nicht das Schlimmste, was hier passiert war, bei Weitem nicht. Einmal war ein Mann wegen eines Schlammbads herge-kommen, high von irgendeiner Droge. Er war aus dem Salon gerannt, nackt, und hatte geschrien, dass die Wände ihn auffressen würden ... und dabei hatte er alles mit Schlamm bespritzt: die Wände, die Decke und alles dazwi-schen. Es war ein Albtraum gewesen.

Wie hatte es nur so weit kommen können? Sie arbeitete hart, viele Stunden, und tat alles, um sicherzustellen, dass James gut versorgt war. Aber es fühlte sich an, als wäre es nicht genug; nicht, wenn er ständig krank wurde. Sie hatte das Gefühl, dass sie ihn nicht annähernd so oft sehen konnte, wie sie es gern wollte. Sie war alles, was er hatte, und er war alles, was sie hatte. Sollten sie nicht mehr Zeit miteinander verbringen? Wenn sie sich nur nicht ständig um das Geld sorgen müsste.

Im Grund genommen mochte Katie ihren Job sehr. Sie hatte sich auf Haarpflege spezialisiert und genoss es, Haare zu stylen und zu schneiden und anderen Frauen dank ihrer Arbeit ein besseres Aussehen zu verleihen. Es gab nichts Schöneres, als mit glücklichen Kundinnen zu plaudern und die verschiedenen Arten von Menschen kennenzulernen, die in den Schönheitssalon kamen, um mit einem neuen Haarschnitt und -styling einen neuen Typ aus sich zu machen.

Aber manchmal dachte sie daran, dass sie, wenn sie nur ihren Stolz herunterschlucken und James' Vater sagen würde, dass er ein Kind hatte, sich nie wieder Sorgen um Geld machen müssten. Sie müsste sich nicht mehr darum sorgen, ob sie zu lange von ihrem kleinen Sohn weg war. Sein Vater, Evan Lowe, war schließlich reich und ein guter Mann. Er war einer der Gründer des riesigen Technologie-unternehmens InnoCell, das hier in Blackfall, Kalifornien, ansässig war. Er war ständig in den Nachrichten zu sehen, weil er sich für wohltätige Zwecke einsetzte und die Welt zu einem besseren Ort machen wollte.

Katie war sicher, dass er das Richtige tun und ihnen helfen würde, wenn sie ihn fragen würde. Und dennoch konnte Katie sich einfach nicht dazu durchringen, das zu tun.

Sie und Evan waren nie wirklich zusammen gewesen, hatten nie ein richtiges Date gehabt. Aber vor ein paar Jahren hatte sie ihn in einer Bar kennengelernt, während einer wirklich seltsamen Phase in ihrem Leben, und sie hatten schließlich ein paar Mal miteinander geschlafen. Nachdem sie herausgefunden hatte, wer er war, hatte sie ihn nicht mehr wiedersehen wollen. Er schien darüber ein wenig verärgert gewesen zu sein, aber Katie hatte sich nicht mit jemandem einlassen wollen, der so mächtig oder berühmt war wie er. Sie hatte genug eigene Probleme, mit denen sie fertig werden musste.

Erst eine Woche später, als sie ihre Periode nicht bekommen hatte, hatte sie gemerkt, dass sie von ihm schwanger gewesen war.

Nachdem sie den Schmutz zusammengefegt hatte, richtete sie die Pflanze wieder auf. Das arme Ding brauchte nach diesem Schock eine neue Ladung Erde. Sie trank ihren Tee aus und ging nach hinten, um zu sehen, wie es Misa und den anderen nach dem ganzen Fiasko ging. Einem Fiasko, das indirekt ihre Schuld gewesen war.

Manchmal fragte sich Katie, ob es die falsche Entscheidung gewesen war, nicht mit Evan in Kontakt zu bleiben. Er war eindeutig ein guter Mensch. Und als sie sich gesehen hatten, hatte sie sich noch nie so lebendig gefühlt. Seitdem war sie nur mit einem anderen Mann zusammen gewesen, und der war bei Weitem nicht so gutherzig gewesen wie Evan. Seitdem war sie so gut wie immer allein.

Es gab Tage, an denen sie sich einfach nach ein wenig Romantik sehnte, nach jemandem, der sie liebte und der auch James lieben konnte. Vielleicht hätte Evan ein guter Vater sein können. Jetzt war Katie zu verlegen und schämte sich zu sehr, um noch einmal zu versuchen, mit ihm Kontakt aufzunehmen. Sie war fest entschlossen, James das beste Leben zu bieten, das sie ohne die Hilfe eines anderen zustande bringen konnte.

NACHDEM SIE IHRE versäumten Stunden nachgeholt hatte, hielt Katie an einer Konditorei an, um ein paar von den Pralinen zu kaufen, die James so mochte. Sie versuchte, ihm nicht zu viele Süßigkeiten zu geben, aber sie hatten geholfen, ihn zu beruhigen, als er krank gewesen war, also wollte sie dafür sorgen, dass sie genug davon hatte. Da er in letzter Zeit so oft krank war, schien es unvermeidlich, dass sie sie bald wieder brauchen würde.

Katie hasste es, dass sie nicht mehr Zeit zu Hause bei ihm verbringen konnte. Nicht nur, dass sie den Abend damit verbracht hatte, für ihren widerlichen Chef Carl eine Lieferung neuer Produkte für den Salon zu sortieren, sie würde wahrscheinlich auch anfangen müssen, mehr zu arbeiten. Aber darüber würde sie sich Gedanken machen, wenn es so weit war. Im Moment war sie froh, dass eine ihrer Kolleginnen dageblieben war, um ihr zu helfen. Sie alle wussten, wie Carl war, und wollten sie nicht mit ihm allein lassen. Und natürlich war sie dankbar, dass sie irgendwann überhaupt zu ihrem kleinen Sohn nach Hause fahren konnte.

Das Küchenlicht beleuchtete den Hof, als Katie in die Einfahrt fuhr. Durch das offene Fenster konnte sie James weinen hören. Ihr Magen krampfte sich zusammen. Oh, nein. Ihr kam sofort das Schlimmste in den Sinn. War er wieder krank? Hoffentlich war er einfach nur trotzig und verweigerte seine Karotten beim Abendessen.

Katie machte die Haustür auf, begierig darauf, ihr Kind zu sehen. „Roxanne? James?", rief sie.

Er hörte auf zu weinen und es raschelte kurz im anderen Zimmer. Eine Sekunde später klatschten seine kleinen Füße auf dem Linoleum, und dann lag er in ihren Armen. „Mama", flüsterte er, und sie hob ihn hoch. Da kam Roxanne aus der Küche in den Flur. Sie sah so erschöpft aus, wie Katie sich fühlte.

James' Gesicht war ganz rot und fleckig. „Oh, Liebling", gurrte Katie. Sie legte ihm eine Hand auf die Stirn, und er schlang die Arme um ihren Hals. „Er glüht schon wieder." Sie warf einen Blick auf Roxanne. „Wie lange ist er schon so?"

„Erst seit ein paar Minuten", sagte Roxanne. „Ich sage dir, es war total seltsam. Es ging ihm gut und wir haben zu Abend gegessen ... Ich weiß, dass er normalerweise sein Gemüse nicht essen will, aber er hat es verschlungen, als hätte er den ganzen Tag nichts gegessen. Nachdem er es aufgegessen hatte, ging es ihm kurzzeitig gut, aber dann hat sich sein Zustand schlagartig geändert. Normalerweise würde ich sagen, er hat einfach zu viel gegessen, aber davon sollte er kein Fieber bekommen."

Katie umarmte James fest. Er zappelte, als sie die Tür hinter sich schloss und ihn zurück in die Küche trug. „Ich werde morgen Früh den Arzt anrufen müssen. Ich kann nicht mehr zur Arbeit gehen. Ich mache mir Sorgen, dass er wieder krank wird."

Sie drückte ihn mit einem Arm an ihren Körper und begann, den Schrank zu durchwühlen.

„Ich mache mir solche Sorgen um ihn", sagte Roxanne. „Es tut mir leid, ich wünschte, ich könnte mehr helfen."

„Oh nein, sag das nicht. Ich bin so froh, dass du hier warst. Was hast du ihm gegeben?"

„Nur kaltes Wasser und ein kaltes Tuch. Wie ich schon sagte, es sind erst ein paar Minuten vergangen."

Katie fand die Flasche mit Kinder-Ibuprofen, holte eine Tablette heraus und brach sie dann in zwei Hälften. Während sie das tat, füllte Roxanne James' Trinkbecher mit etwas Eis und mehr Wasser. Obwohl Katie sich bemühte, nicht in Panik zu geraten, konnte sie sich innerlich kaum zusammenreißen. Sie war so besorgt um James, dass ihr die Worte fehlten, um es auszudrücken. Aber sie wollte nicht vor ihm zusammenbrechen, nicht wenn er krank war und sie brauchte. Ihm zuliebe würde sie stark bleiben und die Sache in den Griff bekommen.

„Ich fühle mich nicht gut, Mama", sagte James.

„Ich weiß, oh, mein Schatz, ich weiß", antwortete ihm Katie. Sie setzte ihn auf den Küchentisch, sodass seine Beine hinunterbaumelten. Ein nasser Lappen lag auf dem Tisch, und Katie vermutete, dass das derjenige war, den Roxanne ihm zuvor gegeben hatte. Katie tupfte James' Tränen weg und versuchte, seine Stirn ein wenig zu kühlen. Sie gab ihm die lila Schnabeltasse mit den kleinen, grünen Drachen darauf. „Damit solltest du dich besser fühlen. Kannst du weit aufmachen?"

Er schüttelte den Kopf. „Ich will nicht."

„Ich weiß, dass du das nicht willst, aber du bist so ein tapferer Junge, ich weiß, dass du es schaffst. Ich habe deine Lieblingspralinen gekauft, und du kannst eine haben, wenn du das hier nimmst."

Jetzt sah er die Plastiktüte, die an ihrem Arm hing. Also öffnete er schließlich seinen Mund, und sie ließ die Tablette auf seine Zunge fallen. Sie hatten das inzwischen oft genug gemacht, dass er wusste, dass er danach einen Schluck Wasser trinken musste, und er trank fast die ganze Tasse in einem Zug aus.

„Na bitte, du bist der Beste. Wer möchte jetzt ein Stück Schokolade?", fragte Katie. Sie holte die Pralinen aus der Tüte und reichte sie Roxanne, die sich die Verpackung ansah. Es waren kleine, einzeln verpackte Drachen.

„Hm, vielleicht nehme ich auch eine", sagte Roxanne.

James machte einen Schmollmund.

„Keine Sorge, das war nur ein Scherz", lachte Roxanne. „Die sind alle für dich. Stimmt's, Mama?"

Katie lächelte, hob James hoch und stellte ihn auf den Boden. Er umschlang ihr Bein, bis Roxanne ihm schließlich eine der Pralinen gab.

„Ist es Zeit fürs Bett?", fragte sie, und er schüttelte den Kopf. „Wie wäre es mit einem Bad?"

Er nickte.

„Okay, Schatz, such dir einen Schlafanzug aus und geh ins Bad. Ich komme gleich nach. Kannst du das tun?"

James zögerte und dachte über das Gesagte nach. Für seine zweieinhalb Jahre war er ein sehr kluger Junge, aber er ging normalerweise nicht gerne ohne Katie in ein anderes Zimmer, wenn sie zu Hause war. Er wollte immer bei ihr sein, genau wie sie immer bei ihm sein wollte. Er konnte reden und mehr verstehen als andere Kinder in seinem Alter, aber er redete nur, wenn Katie da war, und mit niemandem sonst, auch nicht mit Roxanne.

„Okay", sagte er und tappte dann den Flur hinunter in sein Zimmer.

Katie sah ihm nach, dann wandte sie sich Roxanne zu. Sie hatte ihnen nur eine Minute verschaffen wollen. James mochte es nicht, wenn sie in seiner Gegenwart über ihn sprachen, denn er konnte nicht immer verstehen, was sie sagten, obwohl er das gerne wollte, und deswegen wurde er manchmal wütend.

„Danke, dass du auf ihn aufgepasst hast", sagte Katie.

„Natürlich, ich helfe immer gerne. Du weißt, dass ich alles für dich tun würde", sagte Roxanne. „Und ich weiß, dass es schwer ist. Als Tom und ich uns getrennt haben, war es ein Kampf, die Arbeit und die Erziehung von Alice unter einen Hut zu bringen."

Alice, Roxannes Tochter, war jetzt zehn Jahre alt und unter der Woche bei ihrem Vater. Sie besuchte ihn nur alle paar Monate, also war das Timing ziemlich günstig für James und Katie gewesen. Wenn man es als Glück bezeichnen konnte, dass er wieder krank geworden war.

„Na los, geh nach Hause", sagte Katie. „Ich bin sicher, dass du nach alldem hier etwas Zeit für dich haben willst."

Roxanne lachte. „Oh, da bin ich mir nicht so sicher. James ist so ein liebes Kind. Abgesehen von dieser seltsamen Krankheit hat er die ersten beiden anstrengenden Jahre gut überstanden, wie es scheint. Du hast ihn gut erzogen. Ich hoffe, es geht ihm bald besser."

„Danke." Katie lächelte. „Das macht er als Teenager sicher wieder wett."

„Mach dir nicht zu viele Gedanken. Ein Arzt findet bestimmt im Handumdrehen heraus, was los ist. Du hast doch von diesen Lifesaver-Dingern gehört, oder?"

Katie nickte. „Sofortige Diagnose, richtig? Sie müssen nicht stunden- oder tagelang Untersuchungen durchführen. Aber was ist, wenn es etwas Ernstes ist?"

Die Lifesaver wurden von InnoCell entwickelt, der großen Firma, für die James' Vater arbeitete. Die Leute lobten sie als Wunder-Gerät. Sie waren nicht zur Heilung von Krankheiten konzipiert, aber sie lieferten in Sekundenschnelle eine genaue Diagnose für jedes Leiden. Sie würden James helfen können.

Der Gedanke an InnoCell ließ Katie jedoch an Evan denken. Ihr Herz krampfte sich zusammen. Sie hatte ihre Chance vertan, wieder mit ihm in Kontakt zu treten.

„James ist in ein paar Tagen schon wieder putzmunter, du wirst schon sehen." Roxanne umarmte Katie. „Ruf mich an, sobald du weißt, was los ist, okay? Ich will wissen, ob ich dir irgendwie helfen kann."

Katie wollte das gerne glauben. Sie *wollte* es glauben. James war alles, was sie hatte, und sie würde sich niemals verzeihen können, wenn ihm etwas zustoßen sollte. Sie würden gleich morgen zum Arzt gehen, egal ob es James noch schlecht gehen sollte oder nicht. Sie brauchten Antworten. Aber irgendwie wurde sie das Gefühl nicht los, dass mit James etwas ernsthaft nicht stimmte. Zum Arzt zu gehen war also wichtig für ihren Seelenfrieden.

Sollte sie es Evan sagen, wenn etwas Schreckliches passiert war? Wäre es besser, ihm von seinem Sohn zu erzählen, wenn er krank war, oder gar nicht?

Sie schüttelte den Gedanken ab. Es war sicher nichts Ernstes. Kinder werden krank; das passiert einfach. Wahrscheinlich hatte er nur ein Virus und aus irgendeinem

Grund ein geschwächtes Immunsystem, sodass es immer wieder zurückkehrte. Die Ärzte würden alles wieder in Ordnung bringen.

Nachdem Roxanne gegangen war, fand Katie James auf dem Badezimmerboden sitzend vor. Er wartete auf sie, schlief aber beinahe ein.

„Mama", murmelte er und wurde wacher, als sie ihm das dunkelbraune Haar aus den Augen strich. Er hatte die gleiche Haarfarbe wie sein Vater, aber Katies hellgrüne Augen. Seine Haut war wieder normal gefärbt, und sein Fieber völlig verschwunden. „Bin schläfrig."

Katie atmete erleichtert auf. „Komm, wir bringen dich ins Bett. Morgen früh nehmen wir ein Bad, okay?"

Als James im Bett lag, hätte Katie sich am liebsten neben ihm zusammengerollt und hätte ebenfalls geschlafen. Obwohl es James besser ging und er sich gar nicht mehr wegen seines plötzlichen und unerklärlichen Fiebers Gedanken machte, war Katie vor Sorge ganz nervös. Morgen würde sie Antworten erhalten, aber zuerst musste sie sich um Carl kümmern. Nachdem sie heute Morgen zu spät gekommen war, würde Carl sicher sauer sein, dass sie am nächsten Tag überhaupt nicht kommen wollte.

Aber selbst wenn Carl versuchen würde, Katie bei der Arbeit das Leben schwer zu machen, wäre es das wert. Sie musste unbedingt erfahren, ob es James gut ging oder nicht. Sie knipste das Nachtlicht in James' Zimmer aus, schloss die Tür und nahm sich ihr Handy, um zu telefonieren.

2

EVAN

Evan hatte vieles in seinem Leben erreicht, aber heute begann ein neues Kapitel. Er rückte seine waldgrüne Krawatte zurecht, die gut zu seinem dunkelbraunen Anzug passte, glättete seine dunklen Haare und ließ alle Sorgen los, die er sich wegen des Interviews machte. Bei diesem Interview, das live im Fernsehen ausgestrahlt werden sollte, ging es nicht nur um ihn oder seine Karriere, sondern um die Zukunft des gesamten Unternehmens InnoCell. Der ganzen Welt.

Überhaupt kein Druck, nicht wahr?

„Hör auf, mit deinen Haaren zu spielen", flüsterte Liam von hinten. „Du bringst die Magie durcheinander. Ich will das nicht noch mal machen müssen."

„Tut mir leid", erwiderte Evan. „Magie macht meine Haare immer ganz kraus."

Die Statik hatte wahrscheinlich etwas mit der Tatsache zu tun, dass Evan ein Drachen-Gestaltwandler war. Genauer gesagt war sein Drachentyp ein Bergdrache. Er hatte also eine Affinität zur Erde und zur Natur, und das machte ihn immun oder resistent gegenüber verschiedenen Arten von Magie, selbst wenn er in seiner menschlichen Form war.

Liam beschwerte sich immer darüber, dass seine Magie immer direkt an Evan abprallte, sowohl die Gute als auch die Schlechte. Evan störte das weniger, weil er auf sich selbst aufpassen konnte. Aber Liam war sein bester Freund und für die Sicherheit bei InnoCell zuständig, also war es das Beste, ihn einfach seinen Job machen zu lassen.

„Denk daran", begann Liam seine Ansprache, „kein Körperkontakt außer einem Händedruck, sonst löst sich die Magie ab. Bleib in den ausgewiesenen Bereichen, wo ich unsichtbare Schutzbarrieren aufgestellt habe."

„Du redest, als hätte ich noch nie ein Live-Interview gegeben. Vertrau mir, ich schaffe das schon."

„Du bist zu oft unachtsam. Weißt du noch, was beim letzten Angriff der Claws passiert ist?"

Die Claws waren eine rivalisierende Organisation von Drachen-Gestaltwandlern, die versuchte, InnoCell zu Fall zu bringen. Sie hatten sich ruhig verhalten, seit sie Evan und seine Freunde angegriffen hatten, während sie ein mächtiges Artefakt in ein spezielles Lager transportiert hatten, da der Kampf für die Claws nicht gut ausgegangen war.

„Das war vor über einem Jahr. Und du würdest es als Erster erfahren, sobald sie etwas tun, richtig? Das ist nur ein Routine-Interview. Die Öffentlichkeit wird nichts zu sehen bekommen, außer der Aufnahme. Im Ernst, es wird keine Überraschungen geben."

„Nein, Evan", sagte Liam. Er sah Evan mit ernstem Gesichtsausdruck an. „Das ist nicht nur ein Interview. Es geht um die Zukunft von uns allen, und öffentliche Reden sind gefährlich für jemanden, der so prominent ist wie du."

Evan Lowe leitete die Abteilung für magische und technologische Produktionen bei InnoCell. Seine Hauptaufgabe bestand darin, herauszufinden, wie die Firma all die verrückten Erfindungen, an denen sie alle arbeiteten, in die Tat umsetzen konnte. Meist arbeitete Evan mit Troy Frest zusammen, der einen Großteil der verrückten Visionen der Firma entworfen und erschaffen hatte. Er war der geniale Kopf hinter dem Lifesaver und ihrem aufstrebenden Heilungsgerät, das an ihn gekoppelt war.

Da Evan jedoch ein Bergdrache war, war er mit der Erde im Einklang. Seit er ein kleiner Junge war, wusste er, dass sie schwächer wurde, und es war Teil seiner Mission, sie zu retten. Der einzige Weg, um das zu erreichen, der nicht gewaltsam und zerstörerisch war, war die Rettung der Menschheit. Zwei komplexe Ziele, die miteinander verbunden waren.

Während Evan also die meiste Zeit damit verbrachte, InnoCell bei der Herstellung neuer Produkte zu helfen, hatte er immer auch die Schaffung nachhaltiger Produkte im Hinterkopf. Außerdem suchte er nach einem Weg, die Erde schneller zu heilen. Es ging langsam voran, aber jetzt stand er kurz vor einem großen Durchbruch. Es war der perfekte Zeitpunkt, um die Nachhaltigkeits-Richtlinie von InnoCell und ihr Engagement für eine bessere Zukunft bekanntzugeben.

„Du hast Danny letztes Jahr einen Vortrag auf einer Konferenz halten lassen, ohne dass er sonderlich geschützt wurde", sagte Evan. „Warum machst du dir jetzt so ins Hemd?"

„Danny hätte das so gar nicht tun dürfen. Lass uns einfach nicht darüber reden", entgegnete Liam. Er schnippte mit den Fingern, und in dem kleinen Raum wurde es ein wenig kühl, als ein subtiler Schatten über das Licht kroch. Der Schatten fiel von den Lampen über Evans

Schultern und sickerte in seinen Anzug. Er war so schnell verschwunden, wie er aufgetaucht war.

Liam hatte kurz geschnittenes hellbraunes, fast blondes Haar, das er häufig färbte. Das hier war aber seine natürliche Haarfarbe – eine Seltenheit, ihn so zu sehen, da er behauptete, sie nicht zu mögen. Er war ein Schattendrache, und obwohl er Schatten und Licht zu seinem Vorteil manipulieren konnte, wusste Evan, dass das nur ein kleiner Teil der Fähigkeiten seines Freundes war. Er hielt das meiste davon geheim, weil er behauptete, es sei einfacher, seinen Job auszuüben, wenn niemand das Ausmaß seiner Fähigkeiten kannte. Aber nach Evans Meinung bedeutete das nur, dass es ihm gefiel, sich geheimnisvoll zu geben, und dass er möglicherweise gar keine besonderen Fähigkeiten besaß. Dazu musste man jedoch sagen, dass keiner der Drachen-Gestaltwandler bei InnoCell Kräfte wie Evan hatte, der aus einer Laune heraus die Erde aufbrechen und Städte verwüsten konnte.

Sie sagten immer, dass sie Glück gehabt hatten, dass Evan ein guter Typ war, sonst könnte er ihnen das Leben zur Hölle machen. Denn Evan nutzte seine Kraft, um nach Vorfällen von menschlichem Fehlverhalten aufzuräumen, wo immer er konnte: Ölverschmutzungen, Gaslecks und vieles mehr, das Menschen verursacht hatten. Heutzutage gab es so vieles, und er konnte gar nicht mehr damit mithalten.

„Du kannst loslegen", sagte Liam. „Vergiss nicht ..."

„Ja, ja, ich werde vorsichtig sein."

Innerhalb weniger Minuten, nachdem er den Garderobenraum verlassen hatte, wurde Evan von den Mitarbeitern des Fernsehsenders Blackfall für das Interview vorbereitet.

„3 ... 2 ... 1 ... Kameras laufen!", rief jemand. Ein Klappern ertönte, und dann begann die Frau auf der Bühne zu sprechen.

„Guten Morgen, Blackfall, hier ist Cindy Garcia mit dem täglichen Schnappschuss", sagte die Frau. „Ich bin mir sicher, dass Sie alle davon gehört haben, wie unsere kleine Stadt im letzten Jahr mit der erfolgreichen Einführung von InnoCells Lifesaver-Gerät einen enormen wirtschaftlichen Schub bekommen hat. Und erst vor zwei Tagen wurde Inno-Cells bahnbrechende Nachhaltigkeits- und Wachstumser-klärung vorgestellt.

Sicherlich freut es Sie, zu hören, dass ich heute einen besonderen Gast für Sie habe ... den Verantwortlichen für diese Erklärung, Evan Lowe persönlich!"

Das war Evans Stichwort, und er wurde auf die Bühne geführt. Auf dem Podium standen zwei Sessel, und im Hintergrund war ein leuchtend grünes Banner, das Teil der grünen Marketingkampagne von InnoCell war. Cindy Garcias dunkles Haar wogte hin und her, als sie aufstand, um Evan die Hand zu schütteln. Dann setzte er sich neben sie.

„Hi, Evan, es ist so toll, dass Sie hier sind. Vielen Dank, dass Sie sich in Ihrem vollen Terminkalender Zeit genommen haben", sagte Cindy.

„Sehr gern geschehen", erwiderte Evan. Er entspannte sich auf dem Sessel und legte die Arme auf die Lehnen. „Ich spreche immer gern über meine Bemühungen, die Erde zu heilen; das ist ein so wichtiges Thema für mich."

„Das ist richtig, seit Jahren sprechen Sie auf der ganzen Welt über die Gefahren der Umweltverschmutzung und wie man grundlegende Systeme zur Verhinderung von schädli-chen Katastrophen implementieren kann. Ist es diese Arbeit, die zu Ihrer Erklärung für InnoCell geführt hat?"

„In gewissem Sinne, ja. InnoCell wurde nach dem

Prinzip gegründet, Menschen zu helfen. Obwohl bis vor Kurzem die Erhaltung der Umwelt nicht zu unseren Prioritäten gehörte, ist es etwas, woran wir von Anfang an im Hintergrund gearbeitet und was wir eingeplant haben. InnoCell glaubt, *ich* glaube, dass uns, wenn wir dem Planeten, auf dem wir leben, helfen, mehr Möglichkeiten offenstehen, etwas Gutes für die Gesellschaft zu tun."

„Das ist ein sehr hehres Ziel", sagte Cindy. „InnoCell ist wahrscheinlich das einzige große Unternehmen auf der Welt, das daran interessiert ist, die Gesundheit und das Leben der einfachen Leute sowie den Zustand der Welt in den Vordergrund zu stellen und nicht nur Gewinn zu machen."

„Seit Generationen leben wir in einer Welt, in der wir die Erde und die Menschen, die auf ihr leben, als unbegrenzte Ressourcen betrachten", fuhr Evan fort. „Viel zu lange wurden wertvolle Ressourcen übermäßig abgetragen und verschwendet. Wir, als Menschen, werden ausgebeutet, um die Bankkonten reicher Geschäftsleute zu füllen, die ihre Gewinne nicht zugunsten der Menschen wieder neu investieren, die ihre Imperien überhaupt erst möglich gemacht haben. Sie kümmern sich nicht um die alltäglichen Schwierigkeiten des einfachen Mannes, der Frau und des Kindes. Mit InnoCell werden wir diesen Zustand beenden. Zuerst, indem wir uns um die Gesundheit und den Wohlstand des Einzelnen kümmern, und dann, indem wir die Erde, auf der wir leben, wiederbeleben."

Cindy nickte und schien über diese Antwort nachzudenken. Evan hatte unzählige Stunden damit verbracht, den jahrzehntelangen Plan auszuarbeiten, der nicht nur die Zukunft von InnoCell, sondern die der ganzen Welt verbessern würde. Man hoffte, dass andere Unternehmen ihrem Beispiel folgen würden, wenn InnoCell anderen zeigte, dass es möglich war, der Erde, ihren Mitarbeitern und ihren Gemeinden etwas zurückzugeben und dabei immer noch gleich viel oder mehr Geld zu verdienen als zuvor. Natürlich hatten die meisten anderen keine Magie, um sie dabei zu unterstützen, aber InnoCell würde sie lange Zeit auf dem Weg begleiten. Das hier war nur der Anfang.

„Ich nehme an, dass Ihre Lifesaver-Erfindung nur ein Schritt von vielen war."

„In unserer Nachhaltigkeits-Richtlinie geht es nicht nur um die kurzfristigen Probleme, die wir jetzt lösen können, sondern auch um die langfristigen."

„Können Sie ein paar Beispiele nennen?", fragte Cindy. „Ihre Richtlinie deutete ein paar Schlüsselbereiche an, die Sie anvisieren und verbessern wollen, aber sie war nicht sehr spezifisch."

„Das liegt daran, dass unsere Vision zwar für die nächsten Jahre unverändert bleiben wird, sich aber die Schritte zu diesen größeren Meilensteinen je nach den Möglichkeiten, die sich unserem Unternehmen bieten, ändern werden. Aus diesem Grund kann ich nicht viel über unsere Pläne sagen."

Cindy blickte daraufhin etwas enttäuscht drein und öffnete den Mund, aber Evan hob die Hand, um sie aufzuhalten. „Aber", sagte er, „es gibt ein paar Dinge, über die ich sehr wohl reden kann."

„Sie machen es gerne spannend, Mr. Lowe", sagte Cindy. „Nun, erzählen Sie sie uns!"

„Wir fangen immer bei uns selbst an und versuchen stets, die Art und Weise zu verbessern, wie wir als Unternehmen die Welt beeinflussen. Unser erster Schritt wird darin bestehen, dafür zu sorgen, dass alle unsere Produkte keine Umweltschäden verursachen, und zwar von der

Konzeption über die Kreation und Produktion bis hin zum
Einsatz in der Welt da draußen."

Das war möglich, weil die Erde Evan erst vor wenigen
Monaten eine besondere, magische Verbindung offenbart
hatte. Er nannte sie Exo. Das war ein Metall, das sowohl
haltbar, formbar als auch biologisch abbaubar war.
Außerdem verfügte es über weitere Eigenschaften, wenn es
unter bestimmten magischen Bedingungen verwendet
wurde. Unter den richtigen Umständen konnte man wirklich alles damit machen. Das Material war bei InnoCell
noch streng geheim, aber es hatte zu vielen ihrer neuen
Pläne und neuen Erfindungen sowie zu ihren Nachhaltig-
keitsplänen angeregt.

Cindy und Evan redeten noch eine Weile und disku-
tierten über die Art von InnoCells Zukunftsplänen. Letztendlich ging es InnoCell immer darum, in erster Linie ihre
Firma fortschrittlicher zu machen und etwas zum Wohle
der hiesigen Menschen zu tun. Ihr Unternehmen und jeder,
der für sie arbeitete, außerdem Blackfall selbst, würden ein
Paradebeispiel dafür werden, wozu sie fähig wären, wenn
sie zusammenarbeiteten und sich in erster Linie um die
Menschen und die Erde kümmerten.

„Was meinen Sie mit Wohl der hiesigen Menschen?",
fragte Cindy.

„Blackfall ist eine relativ kleine Gemeinschaft", antwortete Evan, „und ich glaube, dass wir dank der unglaublichen
Kräfte der Natur unsere Lebensweise erhalten und sogar
noch verbessern können. Gleichzeitig sind wir in der Lage,
die Schönheit der Natur um uns herum intakt zu halten.
Momentan haben wir gemeinschaftliche Projekte geplant,
die dabei helfen werden, diverse Probleme anzugehen, die
in der Vergangenheit durch das Fehlverhalten von großen
Unternehmen entstanden sind."

Obwohl Evan keine Einzelheiten nennen konnte, war er von all dem begeistert. Mit diesem neuen Material, das er gefunden hatte, wollte er zusammen mit Troy ein Gerät zu bauen, das ähnlich wie Evans Magie funktionierte. Tatsächlich würden sie Tausenden von Menschen die Macht geben, Magie zu benutzen, die die Erde Stück für Stück heilen würde. Sie würden die Geräte zuerst hier in Blackfall testen, neben vielen anderen Dingen.

Cindy fuhr mit dem Interview fort, und ehe sie sich' versahen, war fast eine Stunde vergangen.

„Wir haben fast keine Zeit mehr", sagte Cindy, „aber ich habe noch ein paar Fragen, die von den Leuten hier in Blackfall gestellt wurden."

„Alles klar", sagte Evan. „Nur raus damit."

Cindy grinste schelmisch. „Mr. Lowe, wie fühlt es sich an, einer von Amerikas begehrtesten Junggesellen zu sein?"

Evan öffnete den Mund, brachte dann aber kein Wort heraus. Mit dieser Frage hatte er überhaupt nicht gerechnet, und kurzzeitig rang er um Fassung. Er hielt etwas zu lange inne. Dann fing er sich wieder und lächelte sein gewinnendstes Lächeln.

„Ich gebe zu, ich hätte nicht gerechnet, dass wir heute über so etwas reden würden", sagte Evan.

„Oh, Sie wissen ja, wie das ist. Jeder ist neugierig. Plaudern wir die letzten zehn Minuten doch einfach ein wenig über nicht ganz so ernste Themen."

Evan nickte und dachte noch ein wenig über die Frage nach. „Ich habe nie wirklich darüber nachgedacht. Ob ich nun Junggeselle bin oder nicht, hat meinen Lebensstil nicht allzu sehr beeinflusst. Ich bin immer in meine Arbeit vertieft gewesen."

„Tatsächlich? Es stimmt, dass Ihre Arbeit sehr wichtig ist", sagte Cindy. „Was bedeutet das für Ihren Beziehungsstatus? Haben Sie ein Auge auf eine besondere Dame geworfen?"

Evan vermutete, dass es schmeichelhaft war, dass so viele Frauen daran interessiert waren, mehr über sein Leben und seine Beziehungen zu erfahren. Allerdings nicht, dass Cindy das Thema in dieses Interview hatte aufnehmen wollen, denn es hatte rein gar nichts mit der InnoCell-Nachhaltigkeits-Erklärung zu tun. Er fühlte sich nicht so wohl dabei, sein Privatleben im Live-Fernsehen zu besprechen. Außerdem gab es da nicht viel zu sagen. Er war kein Junggeselle, weil er besonders gerne mit unterschiedlichen Frauen seinen Spaß hatte; er hatte nur noch nicht die Richtige für sich gefunden.

„Ich habe nicht aktiv nach einer Beziehung gesucht, also bin ich derzeit Single", erwiderte Evan vorsichtig. „Aber ich hätte nichts gegen eine Beziehung mit der richtigen Frau."

Er war sich nicht sicher, was er noch sagen sollte. Und als er überlegte, wie er die Frage besser hätte beantworten können, kam ihm eine besondere Frau in den Sinn. Der Geruch ihres Parfums aus Lavendel und Honig, ihre jadegrünen Augen, ihre weiche Haut und ihr sanftes Stöhnen. Ihr Name war Katie Adams, und es war Jahre her, seit er sie das letzte Mal gesehen hatte ... Aber in all diesen Jahren hatte er ständig an sie denken müssen. Ab und zu fragte er sich, was zwischen ihnen hätte sein können. Sie hatten ein paar Mal miteinander geschlafen, zwanglos, und die Gegenwart des jeweils anderen sehr genossen. Und dann war sie ohne ein Wort verschwunden. Er hatte danach auch noch etwas mit mehreren anderen Frauen gehabt, aber es war nichts Ernstes gewesen, und er hatte sie nie ganz aus seinem Gedächtnis streichen können. Wenn er nur wüsste, wo er sie finden könnte ... Vielleicht könnte er sie dann überreden, mit ihm auf ein richtiges Date zu gehen. Sie hatten sich gut verstanden, auch wenn sie die meiste Zeit unter der Bett-decke verbracht hatten.

„Hört ihr das, Blackfall?", sagte Cindy. „Nutzt eure Chance! Ich wünsche Ihnen viel Glück, Mr. Lowe. Ich hoffe, Sie finden ihr perfektes Gegenstück."

Evan bedankte sich bei ihr, aber er schenkte ihr keine große Aufmerksamkeit mehr. Als er wenig später von der Bühne ging, konnte er nicht aufhören, an Katie zu denken.

Wenn sie irgendwie wieder in sein Leben träte, wäre Evan der glücklichste Mann der Welt.

3

KATIE

James war am nächsten Morgen besonders schlecht drauf, als Katie ihn für den Arztbesuch fertig machte. Er wollte nicht aus dem Bett aufstehen, nicht frühstücken, sich nicht umziehen lassen, geschweige denn das Haus verlassen. Trotz all der Frustration, während sie versuchte, ihn davon zu überzeugen, dass sie dorthin gehen mussten, damit er sich nicht mehr krank fühlte, war Katie dennoch dankbar, dass James' Fieber nicht zurückkam.

Bis auf einen kleinen Wutanfall auf dem Weg zum Auto, weil sie sein Drachen-Stofftier vergessen hatte, verlief die Fahrt zur Praxis reibungslos. Katie war erst seit einer Stunde wach, aber sie war schon erschöpft. Sie hatte nicht gut geschlafen, da sie sich Sorgen um James gemacht hatte. Außerdem hatte sie vor dem Schlafengehen zehn Minuten mit Carl telefoniert, der Katie die ganze Zeit über beschimpft hatte, nachdem sie ihm gesagt hatte, dass sie heute nicht zur Arbeit kommen würde.

Sie war überrascht gewesen, dass er sie nicht einfach gefeuert hatte. Wenn sie so eine miserable Mitarbeiterin war, warum wollte er sie dann überhaupt noch behalten? Aber Katie hatte offenbar immer noch einen Job. Auch wenn es sie nicht überraschen würde, wenn sie in zwei Tagen dort hingehen und das Gegenteil feststellen würde.

Die Praxis war voll, als sie ankamen, und Katie betrachtete all die wartenden Patienten, während sie am Empfangsbereich stand. Es waren so viele Leute da, dass sie wahrscheinlich den ganzen Tag hierbleiben würden. Sie könnten einkaufen gehen oder so, während sie warteten, aber angesichts von James' zufällig auftretenden Fiebers, hielt sie es für besser, einfach hierzubleiben. In der Ecke des Zimmers liefen die lokalen Nachrichten, ohne Ton und nur mit Untertiteln. Wenigstens hatte Katie eine Tüte mit Spielsachen mitgebracht, mit denen James sich beschäftigen konnte.

Als Katie an der Reihe war, fragte eine erschöpft aussehende Frau nach ihrer Gesundheitskarte.

„Der Termin ist für meinen Sohn", erklärte Katie. „Er bekommt ständig Fieber und nichts hilft."

Die Dame nickte und tippte etwas in den Computer ein. Während sie das tat, summte Katies Handy. Sie hielt James in den Armen, und er legte den Kopf schläfrig an ihre Schulter. Sie hatte eine Nachricht erhalten. Von Carl.

Wo bist du? stand da. Katie runzelte die Stirn, denn sie war sich sicher, dass sie Carl gestern Abend gesagt hatte, dass sie heute mit ihrem Sohn zum Arzt gehen würde. Sie fing an, eine Antwort zu tippen, aber dann sah die Frau vom Computer auf.

„Hier ist Ihre Karte", sagte sie und reichte Katie einen Zettel mit ihrem Namen und der Reihenfolge in der Schlange. „Wir rufen Ihren Namen auf, wenn Sie an der Reihe sind."

„Wie lange ist die Wartezeit ungefähr?", fragte Katie.

Sie war so früh gekommen, wie James es erlaubt hatte, aber es sah so aus, dass 8.30 Uhr morgens immer noch zu spät war, um die Menschenmassen zu umgehen.

„Etwa zwei Stunden. Sie können weggehen, wenn Sie wollen, aber wenn Sie nicht hier sind, wenn Ihr Name aufgerufen wird, werden Sie übersprungen."

„Danke", sagte Katie. Sie wandte sich vom Tresen ab und schaute zu den dicht beieinandersitzenden Menschen. Es waren keine Sitzplätze mehr frei, also würde sie wohl eine Weile draußen warten müssen. Es war mitten im Frühling, also war es nicht allzu kalt. Aber es war noch früh am Morgen. Sie wollte James nicht zu lange der Kälte aussetzen, wenn es nicht sein musste. Allerdings sah es momentan nicht so aus, als hätte sie eine Wahl.

Katie ging gerade zur Tür, als eine Frau neben dem Eingang zu ihrem Termin gerufen wurde. Katie schaute auf den Stuhl und fixierte ihn. Sie ging darauf zu und setzte sich. Es war ihr Platz, obwohl zwei Leute, die stehen mussten, ihr einen bösen Blick zuwarfen. Sie setzte James auf ihren Schoß und klemmte ihre Tasche zwischen ihre Füße. Wenn nur sie gewartet hätte, hätte sie ihn nicht genommen. Aber James zuliebe wollte sie drinnen bleiben.

Ihr Handy surrte, sobald sie sich hingesetzt hatte. James schlief in ihren Armen, also drückte sie ihn an ihre Brust und schaute über seine Schulter auf das Display. Eine weitere Nachricht von Carl. Sie seufzte.

Ignorierst du mich etwa? Ich habe dich tippen sehen. Du solltest bei der Arbeit sein. Ich habe dir doch gesagt, keine Ausreden.

Diesmal war unübersehbar, was für ein Idiot ihr Chef war. Sogar am Telefon gestern Abend war er ein riesiges Arschloch gewesen, aber er hatte trotzdem (auf seine Art) akzeptiert, dass sie nicht kommen würde. Was wollte er jetzt erreichen, indem er sagte, das wäre nicht passiert?

Ich habe Ihnen gestern gesagt, tippte Katie, *dass mein Sohn krank ist und wir beim Arzt sind. Es tut mir leid, dass es so kurzfristig war, aber die Gesundheit meines Sohnes ist wichtig.*

Wichtiger als dieser Job?

Katie wunderte sich, wie man das überhaupt fragen konnte. In ihrer Wut stieß ihr Arm versehentlich gegen James, und er regte sich und begann zu schniefen. Sie hörte auf zu tippen, um James ein wenig näher an sich zu ziehen. „Schon gut", sagte sie, „es ist alles in Ordnung. Wir sind bald dran, und dann wird es dir besser gehen."

Er schniefte weiter, und sie fing wieder an, sich Sorgen zu machen, aber seine Temperatur war normal. Wahrscheinlich war er nur schlecht drauf, weil er mit so vielen Leuten zusammengepfercht war. Sie küsste ihn auf die Stirn und drückte ihn fester an sich. Sie waren erst seit ein paar Minuten hier. Die nächsten zwei Stunden, das spürte sie, würden sehr anstrengend werden.

Katie wandte ihre Aufmerksamkeit wieder Carls Nachricht zu. Sie durfte ihn nicht ignorieren, wenn sie ihren Job behalten wollte. Sie brauchte die flexiblen Arbeitszeiten. Außerdem käme sie mit Sicherheit nicht mit dem Stress zurecht, eine neue Arbeit zu finden, wenn die Ärzte nicht herausfinden sollten, was James ständig krank machte. Wenn sie Glück hatte, war es nur eine allergische Reaktion auf etwas, das sie im Haus hatten. Aber was, wenn es etwas Schlimmeres war als das?

Die Arbeit im Salon war gar nicht mal so schlecht. Sie mochte ihre Kollegen. Das einzige Problem war Carl. War es das wirklich wert, nur wegen der flexiblen Arbeitszeiten dortzubleiben, wenn Carl ihr jedes Mal ein schlechtes Gewissen einredete, wenn sie etwas umstellen musste, selbst wenn sie mehr als eine Woche vorher Bescheid gab?

Wenn ich zwischen diesem Job und meinem Sohn wählen

muss, entscheide ich mich immer für meinen Sohn, tippte Katie schließlich und drückte auf Senden. Carl las die Nachricht sofort, und die kleinen Blasen stiegen und fielen, als er antwortete. Katie schloss ihre Augen und wartete. Das Ganze war jetzt außerhalb ihrer Kontrolle. Wenn Carl sie feuerte, würde Katie einfach einen neuen Job finden und in der Zwischenzeit einen anderen Weg finden, um über die Runden zu kommen. Ihre Mutter wäre wahrscheinlich bereit zu helfen, wenn Katie ihr sagte, dass es ein Notfall wäre, aber sie wollte nicht um Hilfe bitten, wenn es nicht absolut notwendig war.

James wimmerte und zappelte in ihren Armen. Er wurde von Sekunde zu Sekunde gereizter, und Katie sah jetzt, dass seine Wangen sich langsam röteten. Oh, nein. Seine Temperatur war gestiegen. Sie holte eine Schnabeltasse mit Wasser aus ihrer Tasche und gab sie ihm, aber es half nicht. Er ließ nur Wasser an seinem Kinn heruntertropfen, stieß kurz auf und fing dann an zu weinen. Sein Fieber war wieder da.

„Oh, Liebling", murmelte sie und streichelte seinen Rücken, um ihn zu beruhigen. „Es wird alles gut, versuch einfach zu schlafen. Mami wird dich beschützen."

Er murmelte etwas, das wie „Nein" klang, gegen ihre Schulter. Sein Weinen war nicht allzu laut, schon gar nicht so laut wie an diesem Morgen, aber die Leute, die mit ihr im Wartebereich saßen, starrten sie bereits entnervt an. Was sollte sie denn tun? Er war krank, und nach draußen in die Kälte zu gehen, würde ihm auch nicht helfen.

Ihr Handy summte wieder, aber sie ignorierte Carl vorerst, um sich auf James zu konzentrieren. Das Wasser half ihm nicht, und er zappelte so sehr, dass sie ihn kaum noch festhalten konnte. Er wollte herumlaufen, aber Katie konnte ihn nicht gehen lassen, solange er krank war und so viele Leute um ihn herum waren. Sie mussten zumindest erst sein Fieber senken.

„Mein Schatz, willst du Schokolade?", fragte sie.

Daraufhin beruhigte er sich ein wenig und nickte, obwohl sein Gesicht vom Weinen und dem steigenden Fieber ganz fleckig, rot und geschwollen war.

„Tu Mami einfach einen Gefallen und schluck erst mal diese Medizin, okay? Dann geht es dir gleich besser."

Sie hielt eine zerbrochene Ibuprofen-Tablette zwischen ihren Fingern, und er betrachtete sie mit unverhohlenem Widerwillen. Er mochte sie nicht, weil sie manchmal auf der Zunge oder am Gaumen kleben blieb und eklig schmeckte. Aber sie konnte es in seinen kleinen Augen sehen – er wollte die Schokolade. Er öffnete den Mund, und Katie legte sie ihm auf die Zunge. Er spülte sie mit einem Schluck Wasser aus seiner Tasse hinunter.

„Guter Junge", sagte sie und reichte ihm die Schokolade. Er hatte aufgehört zu weinen, aber das hier war nur eine vorübergehende Maßnahme. James war immer noch krank. Solange er mit der Schokolade abgelenkt war, würde er ruhig bleiben, aber danach müsste sie sich etwas Neues einfallen lassen.

Ihr Handy surrte wieder, und mit einem resignierten Seufzer las sie die folgenden Nachrichten von Carl.

Ich verstehe, wie es ist, Katie. Du denkst, du bist eine gute Mutter. Aber du wärst eine bessere Mutter, wenn du dir einen richtigen Mann suchen würdest, der sich um euch beide kümmert.

Und dann seine zweite Nachricht: *Ich kann das für dich tun, wenn du mich lässt. Ich verlange nicht viel im Gegenzug, und du könntest mehr Zeit mit deinem Sohn verbringen.*

Die Aussicht, mehr Zeit mit ihrem Sohn zu verbringen, war verlockend für Katie. Aber dass sie dafür mit Carl

zusammen sein müsste, widerte sie an. Er war ein absto-
ßender Perversling, und sie brauchte ihn nicht; geschweige
denn irgendeinen anderen Mann, um für sich und ihren
Sohn zu sorgen. Bevor sie jedoch antworten konnte, schrieb
er eine weitere Nachricht:

*Ich habe gesehen, wie du mich ansiehst. Du willst genauso
gerne nach Feierabend in mein Büro kommen, wie ich es will.
Oder würdest du lieber bei mir übernachten?* Katie konnte
sich Carls irres Kichern beinahe vorstellen, und ein
entsetzlicher Schauer lief ihr über den Rücken. *Komm
schon, Katie.*

Seit sie Carl kannte, hatte sie nicht *einmal* etwas mit ihm
machen wollen. Ihr wurde allein bei dem Gedanken daran
schlecht. Am liebsten hätte sie ihr Handy gegen die Wand
geschleudert und gekündigt. Aber bevor sie ihm eine
Antwort schicken konnte, hatte James seine Schokolade
aufgegessen und bekam wieder Schluckauf. Diesmal gab es
kein Halten mehr, und er fing wieder an zu weinen.

Katie wiegte ihn in ihren Armen hin und her. „Sch, sch,
es ist okay ... Es wird alles wieder gut ...", versuchte sie,
James zu beruhigen. Gleichzeitig sprach sie die Worte auch
für sich selbst aus. Würde alles gut werden? James' Weinen
wurde lauter und zu einem durchdringenden Kreischen.
Katie sah die anderen Leute nicht an, aber sie spürte ihre
missbilligenden Blicke. Sie hielten sie für eine schlechte
Mutter, unfähig, ihr Kind zu beruhigen. Aber sie hatten
keine Ahnung. Ihre Meinung war egal.

Sie holte ein Tuch aus ihrer Tasche, befeuchtete es ein
wenig und legte es auf James' brennende Stirn. Seine
Schreie wurden jedoch lauter, als ob er starke Schmerzen
hätte. Die Farbe seiner Haut schien etwas dunkler zu
werden, fast steinig. Er war krank, wirklich krank. Und sie
konnte nichts tun. Noch nie in ihrem Leben hatte sie sich so

hilflos gefühlt. Ihr geliebter Sohn lag leidend in ihren Armen, und sie konnte nichts tun.

„Bringen Sie das Kind zum Schweigen!", rief eine Frau von der anderen Seite des Raumes.

Katie drückte James fester an sich, um ihn zu beruhigen, und flüsterte ihm weiter zu, dass alles gut werden würde. „Er ist krank ...", flüsterte Katie, aber nur halbherzig. Das würde die Frau auch nicht dazu bringen, sie für eine bessere Mutter zu halten. Alles, was sie sahen, war ein außer Kontrolle geratenes Kind. Aber es war nicht seine Schuld, und Katie durfte nicht zulassen, dass sie ihr auch noch die Schuld dafür gaben. Sie tat ihr Bestes, um sich um ihn zu kümmern. Oder etwa nicht? Oder gab es etwas anderes, das sie tun sollte?

Katie schaute zum Fernseher in der Ecke des Wartezimmers, und ihr drehte sich fast der Magen um, als sie sah, was auf dem Bildschirm passierte. Evan Lowe, James' Vater, gab beim lokalen Nachrichtensender gerade ein Live-Interview über seine Arbeit. Katie verschlang geradezu alles, was er über die Verbesserung des Lebens in Blackfall und die Heilung der Welt sagte. Er schien wirklich ein guter Mann zu sein, wenn auch ein wenig idealistisch. Für das, was er zu erreichen gedachte, wäre in Katies Augen nichts weniger als ein Wunder nötig. Dennoch sprach er über all das, als wäre es nur eine weitere Aufgabe, die auf seiner To-do-Liste stand.

Ihr Handy surrte wieder, und Katie wurde klar, dass sie auf Carls letzte Nachricht nicht geantwortet hatte. Sie hätte es wieder herausziehen und antworten sollen, denn sie konnte es sich nicht leisten, Carl auf falsche Gedanken zu bringen. Aber Katie schaffte es nicht, sich zu bewegen. Sie starrte Evan auf dem Bildschirm an. Er sah genauso gut aus wie damals, mit seinen erdfarbenen Haaren und Augen, seinem Körper, der gebaut war, als wäre er ein aus Stein gemeißelter Kriegsgott. Noch nie in ihrem Leben hatte der bloße Anblick eines Mannes sie erregt. Ihr Herzschlag verlangsamte sich, als wollte sie den Moment länger in sich festhalten. Na gut, einmal war es schon passiert: Als sie Evan zum ersten Mal begegnet war.

James weinte immer noch, aber auch in ihm veränderte sich etwas, als Evan auf dem Bildschirm erschien. Wusste er irgendwie, dass er sein Vater war? James starrte mit einer ungewöhnlichen Intensität auf den Fernseher, und seine Schreie waren nicht mehr durchdringend, sondern nur noch ein lautes Schluchzen. Waren Kinder überhaupt in der Lage, jemanden zu erkennen, dem sie noch nie begegnet waren?

Katie kam eine sehr erschütternde Erkenntnis, während sie Evan auf dem Bildschirm anstarrte, und das brachte sie dazu, James fester zu umarmen. Er zappelte wieder, als ob sie ihn zu fest gedrückt hätte. Was, wenn Carl recht hatte? Dass sie keine gute Mutter war, weil sie alles in ihrer Macht Stehende getan hatte, um James ein männliches Vorbild vorzuenthalten? Sie war so gefangen in ihrem Stolz und ihrer Entschlossenheit, sich allein um James zu kümmern, dass sie ihrem Sohn einen Vater verweigerte. Nicht unbedingt seinen biologischen Vater, aber einen Vater im Allgemeinen. Als sie Evan auf dem Bildschirm anstarrte, fragte sie sich, ob es wirklich zu spät für sie war. Vielleicht wäre es das Beste, wenn sie wenigstens versuchte, ihn zu kontaktieren. Nicht, um ihm von James zu erzählen, sondern um zu sehen, wie er auf ihre Kontaktaufnahme reagierte.

Oder war sie nur egoistisch und zu erschöpft, weil sie jemanden bei sich haben wollte, der ihr half, sich um James zu kümmern? Katie war sich nicht mehr sicher, was genau ihre Beweggründe waren. James war so krank, dass nichts anderes mehr eine Rolle zu spielen schien.

Ihr Handy surrte wieder, und dieses Mal riss sie sich vom Bildschirm los, um Carls nächste Nachrichten zu lesen.

Mich erst heißmachen und jetzt nicht liefern wollen, was?

Frigide Schlampe. Es ist deine Schuld, dass dein Sohn krank ist.

Dieses Arrangement ist mehr als fair für uns beide. Wann war das letzte Mal, dass ein Mann dich gewollt hat? Von meinem Angebot kannst du nur profitieren. Du solltest es annehmen. Letzte Chance.

Tränen stiegen Katie in die Augen. Carl war so ein verdammtes Arschloch. Wer war er, dass er über sie urteilte, dass er versuchte, sie für Dinge, für die sie nichts konnte, schlecht zu machen? Warum hatte sie sich das so lange gefallen lassen?

Eilig schrieb sie zurück: *Meine Antwort ist Nein. Wenn Sie so etwas noch einmal erwähnen, werde ich Sie wegen sexueller Belästigung anzeigen.*

Gut. Du bekommst die Stunden, die ich dir für den nächsten Monat gebe, ganz egal, welche. Wenn du dich beschwerst oder wieder fehlst, bist du gefeuert. Keine Ausnahmen.

Ein röchelnder Seufzer drang aus Katies Kehle, und sie musste sich sehr beherrschen, um nicht zu schluchzen wie James. Wenn sie nicht so würde arbeiten können, wie es für die Kita passte, würde sie ihre Mutter bitten müssen, auf James aufzupassen, oder einen Babysitter einstellen. Beides würde mehr kosten, als Katie sich leisten konnte. Ihre Mutter würde zwar kein Geld verlangen, aber der emotionale Tribut, den sie von Katie fordern würde, war viel schlimmer. Katie wollte diesen blöden Job gar nicht mehr. Er war es nicht wert, und nach all den widerlichen

Vorschlägen von Carl musste sie so schnell wie möglich etwas Neues finden.

„James Adams?", rief die Sprechstundenhilfe.

Katie wurde hellhörig. Sie waren erst seit einer Stunde hier. Sie stand auf, schnappte sich ihre Sachen und hielt James an ihre Brust gedrückt. Er weinte immer noch, aber bei Weitem nicht mehr so heftig wie vorher. Bevor sie der Sprechstundenhilfe in den Flur folgte, schaute sie sich noch einmal im Warteraum um. Entweder hatte jemand mit ihr den Platz in der Schlange getauscht, damit James früher drankommen konnte, oder es hatten sich so viele Leute über sein Geschrei beschwert, dass sie ihn früher hatten drannehmen wollen. Was auch immer der Grund war, Katie war froh, dass dieser schreckliche Tag ein wenig ... vielleicht nicht besser, aber zumindest klarer wurde. Bald würde sie Antworten haben, warum James so krank war. Und wenn es ihm dann wieder besser ging, würde Katie auch alles andere wieder in Ordnung bringen.

Die Sprechstundenhilfe ließ James und Katie in dem kleinen Arztzimmer zurück. Katie versuchte, James auf den sterilisierten Plastiksitz zu setzen, aber er wollte dort nicht hin. Seufzend setzte sie ihn stattdessen auf den Boden. Er wollte unbedingt auf dem Boden sein, und da sie jetzt allein waren, sah sie keinen Grund, ihm das zu verwehren. Außerdem fühlte er sich dadurch anscheinend besser. Er krabbelte im Zimmer herum, und Katie beobachtete ihn, wie er seinen Kopf an den Arztstuhl und die Wand drückte und an einer verschlossenen Schrankschublade zog.

Nach ein paar Augenblicken jedoch veränderte sich etwas ... Die Luft im Raum wurde wärmer und schwerer, und auch James' Schritte schienen mehr Gewicht zu haben. Unter seinen kleinen Füßen erschienen kleine Risse im Linoleumboden.

Katie fragte sich, ob sie halluzinierte. Lag das am Schlaf-mangel und dem Stress?

„James?", fragte sie.

Er schaute von den Aufklebern, die an der Seite des Metallschranks angebracht waren, auf sie. Sein Gesicht war immer noch ganz rot und fleckig, als ob er noch Fieber hätte, aber seine Haut war dunkel. Sie schien sogar noch dunkler zu werden, bis sein ganzes Gesicht ein erdiges Braun zeigte und schuppig war, wie Schiefer in Verbindung mit Tonklumpen. Er lächelte sie an und begann, von der anderen Seite des Raumes auf sie zuzugehen. Aber plötzlich bekam seine Haut ein schuppiges Aussehen. Sein Gesicht dehnte sich und wurde länglich und reptilienhaft.

Katie sprang auf die Füße. Was zum Teufel war mit ihrem Kind los? Er hatte sich in ein ... ein Monster verwan-delt! Sie unterdrückte einen Schrei. Nein, was auch immer mit James passiert war, er war immer noch ihr Sohn. Es musste eine absolut vernünftige Erklärung dafür geben. Aber was hatte er überhaupt gemacht? Oh, Gott, er sah aus, als hätte er fürchterliche Schmerzen! Sie sah zwischen James und den Gegenständen im Arztzimmer hin und her und versuchte, einen Weg zu finden, ihm zu helfen und seine Schmerzen zu lindern. Würde sie es nur noch schlimmer machen, wenn sie ihn berührte?

Er bewegte sich immer noch auf unsicheren Füßen auf sie zu. Seine Kleidung wurde ihm vom Leib gerissen und man sah, dass sein ganzer Körper schuppig und steinfarben war. James schrie auf, als er nach vorne auf alle viere fiel. Seine Hände und Füße verwandelten sich in Klauen, und als ihm zwei lederne Flügel aus dem Rücken wuchsen, erstarrte Katie. Ihr Sohn war überhaupt nicht krank.

Er hatte sich in einen *Baby-Drachen* verwandelt.

Sie atmete schwer. Jetzt, wo seine Verwandlung abgeschlossen war, schien er keine Schmerzen mehr zu haben. Aber seine Krallen waren scharf wie Rasierklingen, seine Reißzähne so lang wie Küchenmesser. Sein ganzer Körper war steinig und hart, als wäre er ein Felsen. Er schlug mit seinen Flügeln um sich, aber er konnte nicht fliegen. Sie waren zu klein und er zu schwer. Aber es gelang ihm, einen kleinen Sturm im Büro zu entfachen.

Das ganze Gebäude bebte durch die Kraft, die von seinen Flügeln erzeugt wurde. Papier und Gegenstände flogen wie in einem Wirbelsturm umher.

Katie traf eine blitzschnelle Entscheidung. Sie konnte James nicht hierbehalten. Man würde ihn umbringen oder, schlimmer noch, ihn für Experimente einsperren. Das würde sie nicht zulassen. Er war ihr Sohn, egal was passiert war, und sie musste ohne die Hilfe der Ärzte Antworten finden. Sie hatte schreckliche Angst, aber welche Wahl hatte sie? Sie durfte ihren Sohn nicht verlieren. Was, wenn er für immer so blieb?

James war auf die Seite gerollt und spielte nun mit seinem Schwanz, als Katie ihren Mantel abstreifte. Sie warf ihn über ihn und bedeckte damit seinen Körper mitsamt den Flügeln. Er war schwer, mindestens doppelt so schwer wie als Menschenjunge, und Katie hatte Mühe, ihn zu tragen. Außerdem wollte er gar nicht getragen werden. Sie biss die Zähne zusammen, hielt ihn zugedeckt und rannte aus der Praxis.

Katie konnte sich nicht darauf verlassen, dass die Ärzte ihr helfen würden. Aber es gab da jemanden, mit dem sie würde reden können. Evan Lowe, James' Vater. Wenn er nicht wüsste, was zum Teufel mit ihrem Sohn geschehen war, dann, so fürchtete sie, wüsste es keiner.

4

EVAN

Im Konferenzraum jubelten Evans Kollegen, die fünf weiteren Köpfe von InnoCell. Er schüttelte ihnen allen die Hände, als sie ihm dazu gratulierten, ihre neue Nachhaltigkeits-Initiative weiter vorangebracht zu haben. Seit seiner Verkündigung vor ein paar Tagen war das alles, worüber die Stadt redete. Selbst jetzt liefen Ausschnitte seines Interviews, das er heute Morgen gegeben hatte, und seiner Rede von vor ein paar Tagen auf jedem Nachrichtensender in Blackfall sowie im Rest des Landes und international. InnoCell hatte mal wieder die Welt umgehauen.

„Ich bin mir nicht sicher, wie du das geschafft hast, ohne eines der spezifischen Produkte, an denen wir arbeiten, oder die Schritte, die wir einleiten wollen, vorstellen", sagte Liam und gab Evan einen festen Händedruck. „Deine Reden beeindrucken mich immer. Du hast eine ganz besondere Art, mit Worten und Menschen umzugehen."

„Und das will was heißen", sagte Dan Langton, der CEO von InnoCell. Er lehnte neben Evan an der Wand.

„Wenn man bedenkt, dass es bei meiner Magie darum geht, die Meinung der Leute zu beeinflussen."

Er war ein Magma-Drache, der in der Lage war, das Feuer in den Herzen der Menschen zu schüren. Dass Inno-Cell so schnell so populär geworden war, lag zum Teil an Dannys magischen Kräften.

Evan grinste. „Vielleicht liegt es einfach daran, dass du schon den Hauptteil der Arbeit geleistet hast und ich nur noch etwas sagen musste, das sich mit dem deckt, was du sie bereits hast glauben lassen. Dass wir hier sind, um Gutes zu tun."

„Es ist ja nicht so, dass wir ihnen die Details lange vorenthalten werden", fuhr Danny fort. „Nächsten Monat starten wir mit dem ersten Schritt, der unser Vorhaben in Blackfall besser verankern und der Stadt helfen soll, nachhaltiger zu werden und dadurch die Umwelt zu schützen."

„Es ist eine große Sache. Aber wenn wir es einmal in Blackfall geschafft haben, ist es überall möglich."

Liam nahm seinen Platz gegenüber von Evan ein, neben Michael und Troy. „Wir haben uns die Hilfe der hiesigen magischen Gemeinschaften gesichert", sagte Michael. „Alles, was wir jetzt noch tun müssen, ist, konkrete Handlungsempfehlungen zu geben und die Technologie bereitzustellen."

„Das stimmt so nicht ganz", sagte Troy und räusperte sich. „Wir sind noch sehr weit von der Umsetzung der nötigen Technologie entfernt. Zum Beispiel hat sich das emissionsfreie Recycling von Materialien oder, noch besser, deren Recycling zur gleichzeitigen Heilung der Erde, als kniffliges Unterfangen erwiesen. Mr. Breves und ich arbeiten seit Monaten daran, aber ohne Erfolg."

Evan hatte vermutet, dass sie auf ein paar größere Probleme stoßen würden, aber das war nicht das Ende der

Welt. Es waren bereits einige gute Dinge in Umsetzung, und ein paar Rückschläge würden ihnen momentan nicht das Genick brechen. Vor allem, da Troy bislang alles geschafft hatte, was er sich vorgenommen hatte.

„Das ist in Ordnung", sagte Evan. „Wir können nicht erwarten, dass alles beim ersten Mal perfekt klappt. Es gibt vieles, das wir zuerst in Betracht ziehen müssen. Wenn ein besseres Recycling unerreichbar scheint, können wir überlegen, wie wir die Verpackung ändern können. Verschiedene Komponenten lassen sich vielleicht leichter recyceln."

„Mir gefällt dieser Vorschlag. Ich werde prüfen, ob es etwas gibt, das mit dem kompatibel ist, was wir derzeit haben, und dann weitermachen", erwiderte Troy. „Was alles andere betrifft: Wir haben alles vorbereitet, um mit unseren Park- und Wasserreinigungs-Projekten sowie dem Pflanzen der Bäume loszulegen. Und unsere sauberen Fahrzeugprototypen stehen kurz vor der Fertigstellung. Sie werden im Lauf des nächsten Monats bereit für Tests sein."

„Gut. Dann ist es bald Zeit für den nächsten Schritt", sagte Evan.

Richter stand auf. Seine grauen Augen wirkten bedrohlich, auch wenn er ein fröhliches Lächeln aufgesetzt hatte. „Wir können die Details unserer nächsten Schritte in ein paar Tagen durchgehen, oder? Jetzt ist Zeit zum Feiern. Lasst uns in einen Klub gehen, wie in alten Zeiten."

„Weißt du was", sagte Liam, „warum nicht? Wir könnten eine Auszeit gebrauchen."

„Wirklich?", fragte Evan und hob skeptisch eine Augenbraue. „Hast du dir nicht erst heute Morgen Sorgen über einen möglichen Angriff der Claws gemacht?"

„Ich bin zu dem Schluss gekommen, dass du recht hattest. Ein Jahr lang ist nichts passiert. Aber meine Spione werden früh genug herausfinden, was sie vorhaben, bevor sie tatsächlich etwas gegen uns unternehmen können. In der Zwischenzeit sollten wir uns nicht scheuen, unsere Erfolge zu feiern."

„Ich kenne das perfekte Lokal, in das wir gehen könnten", sagte Richter. „Sich unter die anderen Wesen mit magischen Kräften zu mischen, kommt mir im Moment wie eine gute Idee vor. Wenn wir außerdem mit ihnen gesehen werden, könnte das unsere Beziehung zu ihnen verbessern, und vielleicht arbeiten wir dann bald zusammen. Also, meine erste Wahl wäre der Feen-Ballsaal. Es hört sich nicht wie ein Klub an, ich weiß, aber es wird euch gefallen. Vertraut mir einfach."

Danny, Michael und Troy tauschten einen gelangweilten Blick aus. „Nichts gegen deinen Vorschlag", sagte Michael, „aber vielleicht ist Clubbing jetzt nicht mehr das Richtige für uns? Ich, Danny und Troy haben mittlerweile unsere Gefährtinnen gefunden, und wir sind uns wahrscheinlich einig, dass Ausgehen nicht mehr so verlockend ist wie früher."

Evan hatte nicht unbedingt etwas dagegen, in einen Klub zu gehen, aber es war ihm auch nicht mehr so wichtig. Er hatte all das hinter sich gelassen, war verantwortungsbewusster geworden. So hatte er Katie vor ein paar Jahren kennengelernt, und danach hatte er das Interesse daran verloren, dieses Leben wieder aufzunehmen. Vielleicht wäre es besser, etwas zu unternehmen, das allen gefiel.

Richter wandte sich hilfesuchend an Liam, der nur mit den Schultern zuckte. Dann fiel sein Blick auf Evan, und er wartete auf dessen Antwort. „Nun, ich denke ..."

Plötzlich klopfte es an der Tür. Alle drehten die Köpfe, als sie sich öffnete und Evans Empfangsdame hineinschaute. Sie sah ein wenig erschöpft aus, als wäre sie mehrere Stockwerke hochgelaufen, um ihren Meetingraum zu finden.

„Mr. Lowe, ich fürchte, ich brauche Sie sofort unten", sagte sie. „Es ist eine Dame hier, und sie wirkt sehr verzweifelt. Sie sagte, Sie wüssten, wer sie sei. Katie Adams ..."

Mehr brauchte sie nicht zu sagen. Evan sprang von seinem Stuhl auf, und die Frage nach der richtigen Feier anlässlich der InnoCell-Initiative war wie weggefegt. Er verließ den Raum und ignorierte die Rufe von Richter, Liam und den anderen. Dann folgte er der Empfangsdame zwei Stockwerke tiefer in sein Büro. Was um alles in der Welt machte Katie hier? Er hatte sie seit Jahren nicht mehr gesehen, hatte keine Ahnung gehabt, wie er sie kontaktieren könnte, und jetzt war sie hier, aus heiterem Himmel?

Es musste etwas Schlimmes passiert sein. Das war die einzige Erklärung. Die Empfangsdame hatte gesagt, dass Katie wegen irgendetwas verzweifelt war, aber was konnte so schlimm sein, dass sie nach Jahren plötzlich in seinem Leben auftauchte? Evan hatte mehrmals davon geträumt, wie ihr Wiedersehen wäre, falls es jemals stattfinden sollte. Nicht ein einziges Mal hatte er sich vorgestellt, dass sie sich wegen etwas Schrecklichem wieder begegnen würden. Sorgen machten sich in ihm breit, als er der Empfangsdame folgte und sie schließlich vor einem Besprechungsraum auf seiner Etage stehen blieb.

„Ich habe sie hierhergeführt, um auf Sie zu warten", sagte sie.

„Danke. Ich kümmere mich um sie", erwiderte Evan und öffnete dann die Tür.

Katie ging entlang der Fenster mit Blick auf die Stadt hin und her, aber sie genoss nicht die Aussicht. Sie starrte nur auf die Wand oder ins Leere, die Arme um sich geschlungen. Sie sah verängstigt oder zumindest sehr besorgt aus, und auch Evans Sorge vergrößerte sich. Er wusste, dass er alles Nötige tun würde, um ihr zu helfen.

Und doch konnte Evan nicht umhin zu bemerken, wie schön sie war. Auch wenn das unmöglich schien, war sie sogar noch schöner geworden, als er sie in Erinnerung hatte. Ihre Porzellanhaut leuchtete im Sonnenlicht, und ihre hellgrünen Augen, als sie ihn anblickte, schienen ihm herrlicher als alle Wälder der Erde zusammen. Sie wirkte eher wie eine Waldnymphe oder Elfenkönigin als ein Mensch, und sie brachte sein Herz zum Stehen.

Auch die Art, wie sie ihn ansah, war fast wie aus einem Traum. Als hätte sie ihn ebenfalls vermisst. Aber vielleicht verwechselte er das nur mit ihrer Erleichterung, ihn zu sehen. Sie brauchte seine Hilfe.

„Katie? Bist du es wirklich?", fragte er. Er wollte zu ihr eilen und sie umarmen, doch er konnte sich kaum bewegen. Er schluckte schwer.

Ein gurgelndes Geräusch kam aus Katies Armen, und Evan erkannte erst jetzt, dass sie die Arme nicht um sich selbst geschlungen hatte, sondern einen zusammengerollten, kleinen Jungen festhielt. Er schaute Evan mit seinen schönen, hellgrünen Augen und seinem runden Gesicht an. Das waren Züge, die eindeutig von Katie stammten. Sein Haar war zwar dunkler, aber es war nicht zu verkennen: Sie hielt ihr eigenes Kind im Arm.

Etwas rührte sich in Evan, als er diesen kleinen Jungen ansah. Er fühlte sich zu ihm und zu Katie hingezogen und wollte sie beide festhalten. Nach einem Augenblick erkannte er, dass es sein Drache war, der in ihm erwacht war und ihn zu den beiden drängte. Er schaffte es, sich nicht zu bewegen. Katie hier zu sehen, war eine große Überraschung. Aber vermutlich hatte sie inzwischen einen Mann und eine glückliche Familie. Selbst als seine wahre Natur in ihm erwacht war und er sie beschützen und ihr hatte helfen wollen, hatte sich ein überwältigendes Gefühl von Zweifel und Verlust in ihm breitgemacht. Er hatte jahrelang von Katie geträumt und gehofft, sie wieder in seinem Leben zu haben. Aber dieser kleine Junge in ihren Armen bedeutete, dass er all das, was er jemals hatte haben wollen, nie bekommen würde.

Er kämpfte mit dieser Erkenntnis, als er auf den Konferenztisch zuging, und wusste, dass er ihr auf jeden Fall helfen würde, auch wenn sie nun niemals die Seine werden könnte.

„Und wer ist dieser kleine Gentleman?", fragte er mit liebevoller Stimme; etwas, das er einfach nicht hatte unterdrücken können. Er hatte Kinder nie besonders gemocht, aber dieses hier hatte etwas Besonderes an sich. Vielleicht, weil es von Katie war?

„E...Evan", hob Katie an. Sie strich sich über das Gesicht, und er erkannte, dass sie geweint hatte. „Es tut mir so leid, dass ich hier einfach so reinplatze, aber ich wusste nicht, wohin ich sonst gehen soll."

„Bitte, mach dir keine Gedanken darüber. Sag mir, was los ist, und ich werde alles in meiner Macht Stehende tun, um es in Ordnung zu bringen." Sein Drache knurrte in ihm. „Hat dir jemand wehgetan?"

„Nein ... nein, nichts dergleichen." Katie atmete stoßweise. „Ich glaube, ich verliere meinen verdammten Verstand."

Dass sie so etwas gesagt hatte, bedeutete, dass wirklich etwas Ungewöhnliches passiert war. Katie war unglaublich klug und besonnen. Aber es gab eine Sache, von der Evan wusste, dass sie selbst die klügsten Menschen in den Wahnsinn treiben konnte, wenn sie keine Erklärung dafür finden konnten: Magie. War sie wegen ihm auf irgendeine Art

Magie ausgesetzt gewesen? Es ist Jahre her, dass sie zusammen gewesen waren, aber ... es war möglich.

Evan zog einen Stuhl hervor und bedeutete ihr, sich zu setzen. Sie tat es, und er nahm den Stuhl neben ihr. Der kleine Junge starrte Evan die ganze Zeit über an, und obwohl er nicht älter als drei Jahre sein konnte, lag eine ungewöhnliche Intelligenz in seinen Augen.

„Ich denke, du solltest besser von vorne anfangen", sagte Evan.

Katie nickte verzweifelt, und sie umklammerte den kleinen Jungen fester. Er gab einen wütenden Laut von sich und sah zu seiner Mutter auf. Dabei blinzelte er mit seinen dunklen Wimpern. „Das ist James." Sie hielt inne und holte tief Luft. „Und er ist dein Sohn."

„Mein ... mein Sohn?", fragte Evan. Er blinzelte und dachte, er hätte Katie falsch verstanden. Wie konnte dieser kleine Junge, James, sein Sohn sein? Er und Katie hatten seit Jahren nicht mehr miteinander geschlafen. Aber ... Evan begann in seinem Kopf nachzurechnen. War das möglich? Der Zeitpunkt könnte sogar passen.

„Ich weiß, was du jetzt wahrscheinlich denkst, aber bitte ... Frag jetzt einfach nicht, okay?"

Evan nickte. Er wusste, fast ohne Zweifel, dass Katie die Wahrheit sagte. Jetzt, wo er James erneut ansah, sah er sich selbst in dem kleinen Jungen: sein Haar und seine Nase und diese seltsame, unnatürliche Verbindung, die er zu dem Jungen fühlte. Genau so, wie er sich bei Katie fühlte. Irgendein Instinkt in ihm sagte ihm, dass er sie beschützen musste – koste es, was es wolle.

„Ich ... James ist krank gewesen, Evan. Ich habe mir große Sorgen gemacht, weil ich dachte, dass es etwas Ernsthaftes ist ... Ich habe in den letzten zwei Wochen so oft daran gedacht, dich zu kontaktieren und dich um Hilfe zu bitten, und ich habe es nicht getan, weil ich dich nicht belästigen wollte. Aber jetzt ... jetzt brauche ich Antworten."

„Katie, bitte, sag mir einfach, was los ist. War er schon beim Arzt? Was ist mit ihm los?"

Evan konnte kaum atmen. Katie wiederzusehen und zu erfahren, dass sie einen gemeinsamen Sohn hatten, von dem er nie etwas gewusst hatte. Und jetzt würde er ihn wieder verlieren? Nein, das würde Evan nicht zulassen. Was auch immer los war, sie hatten die ganze Macht von Inno-Cell, um James zu helfen, wenn sie sie brauchten. Seinem Sohn würde nichts passieren. Es war für Evan unmöglich, das auch nur in Erwägung zu ziehen; nicht, wenn es stimmte, dass dieser kleine Junge hier, direkt vor ihm, *sein Sohn* war.

„Er ... Er ... Oh, das wird sich so verrückt anhören, Evan, aber du musst mir glauben", sagte Katie. Sie weinte wieder, und dicke Tränen sammelten sich in ihren Augen und rollten ihre Wangen hinunter. „Er hat sich in einen *Drachen verwandelt*. Ich weiß nicht, wie ... Ich ... Vielleicht ist nicht er es, der krank ist, sondern ich. Ich weiß nicht, ich will nur, dass er in Sicherheit ist. Ich bin so ..." Sie sah zu Evan auf, und ihr Ausdruck verfinsterte sich. „Schau mich nicht so an! Ich weiß, was ich gesehen habe."

Evan streckte die Hand aus, um ihre Hände in seine zu nehmen. Sie protestierte nicht. „Katie. Katie, nein, du hast nicht den Verstand verloren. Was du gesehen hast ... Es ist tatsächlich passiert."

Ihr Mund öffnete sich. Offensichtlich konnte sie nicht glauben, was er da gesagt hatte. „Was? Was soll das heißen? Du glaubst mir?"

„Ja. Er ... James", sagte Evan vorsichtig. „Wenn er mein Kind ist, dann ist er zum Teil ein Drachen-Gestaltwandler. Genau wie ich."

5

KATIE

Katie starrte Evan an. Sie musste verrückt sein, denn anders konnte sie sich nicht erklären, warum Evan Lowe, einer der brillantesten Männer ihrer Zeit, das gerade gesagt hatte. Was in aller Welt war ein Drachen-Gestaltwandler? War das alles ein böser Scherz, den sich jemand mit ihr erlaubte. Jemand, der herausgefunden hatte, wer James' Vater war? Das ergab auch keinen Sinn, aber es schien wahrscheinlicher als alles, was mit Drachen zu tun hatte.

Katie lachte. „Wir haben alle den Verstand verloren, nicht wahr?" Sie versuchte, sich von Evan loszureißen, aber er hielt ihre Hand fest.

„Nein, niemand ist verrückt, Katie, am allerwenigsten du." Er seufzte und fuhr sich mit einer Hand durch sein dunkelbraunes Haar. „Es tut mir leid, das ist meine Schuld. Hätte ich das mit James gewusst, hätte ich dich gewarnt. Dann wärst du vorbereitet gewesen."

„Vorbereitet auf *was*? Du sagst, ich bin nicht verrückt, aber trotzdem ... trotzdem ... Drachen sind ein Mythos! Ich will nicht glauben, dass etwas mit mir nicht stimmt, oder schlimmer, mit James. Aber ich ... Ich habe gesehen, wie er sich verwandelt hat. Kann ich überhaupt noch meinen eigenen Sinnen trauen?"

Katies Herz schlug wie wild. Ihr Körper zitterte, aber sie beruhigte sich, indem sie sich zurücklehnte und sich auf Evans Berührung konzentrierte. Er hatte etwas so Ruhiges und Festes an sich, als wäre er ein uralter, zeitloser Berg, so geduldig wie die Erde selbst. Seine Wärme beruhigte sie auf eine Weise, die sie sich nicht erklären konnte. Genau so, wie er es vor all den Jahren getan hatte, als sie sich zum ersten Mal begegnet waren. Es war gefährlich, in seiner Nähe zu bleiben. Sie durfte das nicht zulassen, wenn sie ihre Unabhängigkeit behalten wollte. In Evans Nähe hatte sie trotz der verrückten Wahrheit, die ihr gerade eröffnet wurde, das Gefühl, dass das vielleicht gar nicht so schlecht wäre.

„Vorbereitet auf James' erste Verwandlung, meine ich", sagte Evan. „Ich weiß, es ist ein großer Schock. Aber für meine Art ist das völlig normal."

„Völlig normal?" Katie küsste die Stirn ihres Sohnes. Es ging ihm jetzt gut, obwohl er blinzelte, als wäre er bereit für ein Nickerchen. Sie wollte, dass James normal war, aber sie war sich nicht sicher, ob sie das glauben konnte; nicht nach dem, was sie gesehen hatte.

Evan lächelte, obwohl sie den Schmerz in seinen Augen sehen konnte. „Drachen sind real. Genauso wie viele andere Arten von Fabelwesen."

Dann hielt er inne und sah sie an, als wollte er ihre Reaktion abwägen. Katie wusste nicht, was sie darauf erwidern sollte, denn das konnte unmöglich wahr sein. Wenn es Drachen wirklich gäbe, dann wüssten die Menschen das doch, oder? Es schien unmöglich.

„Die großen, furchterregenden Drachen, an die du jetzt wahrscheinlich denkst, haben vor ein paar Tausend Jahren ihren Winterschlaf begonnen", fuhr Evan fort, „mit ein paar Ausnahmen natürlich. Aber wie ich schon sagte, ich bin kein Drache; ich bin ein Drachen-Gestaltwandler, was etwas anderes ist. Wir können uns in einen Drachen verwandeln, aber wir sind keine Vollblut-Drachen. Wir sind größtenteils Menschen, genau wie du."

Es dauerte eine Weile, bis Katie das verarbeitet hatte, und es kam ihr so vor, als würde ihr Gehirn einen Zusammenbruch erleiden. Dass Drachen real waren, machte ihr komplettes Weltbild zunichte. Es eröffnete grenzenlose Möglichkeiten, aber Katie war sich nicht sicher, ob sie diese wirklich öffnen wollte. Wenn es Drachen gab, was war dann mit Magie? Evan sagte, dass auch andere magische Kreaturen echt waren. Was also gab es noch da draußen? Und warum hatte sie noch nie welche gesehen?

„Woher soll ich wissen, dass du die Wahrheit sagst?", fragte Katie. „Das alles könnte doch genauso gut ein Trick sein, oder, ich weiß nicht ..."

„Katie, ich weiß, dass wir uns nicht besonders gut kennen, aber glaubst du wirklich, dass ich der Typ bin, der dich mit so etwas hereinlegen will?"

Nein, das glaubte sie nicht. Evan war immer ein sehr ehrlicher Mann gewesen. Und obwohl sie damals nicht wirklich zusammen gewesen waren, war sie neugierig auf sein Leben gewesen. Er hatte nie vor einer Frage zurückgeschreckt, selbst als sie ihn irgendwann gefragt hatte, was er beruflich machte. Dadurch hatte sie herausgefunden, *wer* er war. Und war daraufhin Hals über Kopf abgehauen. Hatte er sich in dieser Hinsicht verändert? Katie konnte sich das nicht vorstellen, denn er schien einfach ein durch und durch guter Mensch zu sein; vor allem, da alles, was sie in den Nachrichten über ihn erfahren hatte, der Wahrheit entsprach.

Sie schüttelte den Kopf. „Das glaube ich nicht, aber dennoch kann ich mir keinen Reim darauf machen. Dir muss doch klar sein, wie verrückt es klingt, dass es Drachen gibt."

„Natürlich weiß ich das." Evan hielt inne und schaute auf ihre Hände. Seine lag immer noch auf der ihren und strömte eine angenehme Wärme aus. „Ich werde dir jetzt etwas zeigen. Aber bitte bleib ganz ruhig, okay?"

Katie nickte, obwohl sie ein wenig verunsichert darüber war, was er ihr gleich zeigen wollte.

Evan sah sie einen Moment lang an, und dann nahm er seine Hand von ihrer. Als er das tat, fühlte es sich an, als hätte sich die ganze Welt verschoben. Nicht auf eine gute Art. Es war, als würde ohne ihn etwas fehlen, als hätte er vorhin mit seiner Berührung eine Lücke gefüllt; eine Lücke, von der sie gar nicht gewusst hatte, dass sie da war. Jetzt lag seine Hand nicht mehr auf der ihren, und ihr war plötzlich sonnenklar, dass sie das sollte. Diese Gewissheit war jedoch so ungewohnt, dass Katie sie sofort beiseiteschob. Sie kam ihr sogar noch seltsamer vor als die Tatsache, dass sich James vor ihren Augen in einen Drachen verwandelt hatte.

Evan hob Hände mit den Handflächen nach oben über den Tisch. Kleine Kugeln aus braun-goldenem Licht schwebten über seinen Fingerspitzen, und Strahlen in der gleichen Farbe entströmten ihnen. Unter seinen muskulösen Armen begannen seine Adern zu glühen. Und dann veränderten sich seine Hände. Das Licht verfestigte sich zu Steinsplittern, verwandelte seine Finger in steinähnliche Klauen und überzog seine Hände mit grauen Schuppen. Es erinnerte sie an das, was sie nur wenige Stunden zuvor an James' Körper gesehen hatte. Katie konnte nicht glauben, was sie da sah. War das wirklich eine Art Magie?

James beobachtete die glühenden Lichter ebenfalls

fasziniert. Und wie zur Bestätigung, dass er tatsächlich Evans Sohn war, streckte er seine Hände aus, zog dasselbe goldbraune Licht an und verwandelte seine Hände in kleinere Versionen von Evans Klauen. Katie kam zunächst nicht der Gedanke, James aufzuhalten, sie war einfach zu verblüfft. Aber als die Schuppen seinen Arm hinaufkrochen und sein Hemd zerrissen, überkam sie Angst, und sie strich ihm sanft über den Arm. Er zappelte und gab einen ärgerlichen Laut von sich, aber die Schuppen begannen zu verblassen, und bald waren seine menschlichen Hände wieder zu sehen.

„Es ist real", sagte Katie. „Alles. Ich habe es mir nicht eingebildet."

Sie sagte das vor allem laut zu sich selbst, als Bestätigung, dass sie nicht verrückt war. Sie erwartete eigentlich keine Reaktion. Aber als Evan darauf nichts sagte, wandte sie ihren Blick von James zu ihm und sah, dass er seinen Blick nicht von dem kleinen Jungen wenden konnte.

„Er ist wirklich mein Sohn", murmelte Evan. „Ich kann es nicht glauben ..."

Katie war sich nicht sicher, wie sie das interpretieren sollte. Sie hatte James vor ihm verheimlicht, ja, und zwar, weil sie befürchtet hatte, er würde sich nicht um ihn kümmern oder gar ein Kind haben wollen. Aber so, wie er James ansah, hatte sie ein unglaublich schlechtes Gewissen, weil sie ihren Sohn vor ihm geheim gehalten hatte. Sie hatte es deswegen getan, weil sie allen den Schmerz hatte ersparen wollen, wenn Evan gesagt hätte, dass er sein Kind nicht wollte.

Aber jetzt merkte sie, dass sie ihrem Sohn und seinem Vater beinahe drei Jahre vorenthalten hatte. Katie schaffte es momentan jedoch nicht, sich dafür zu entschuldigen. Sie hatte James einfach nur beschützen wollen. Sie hatte zunächst mit Evan darüber sprechen wollen, was damals zwischen ihnen passiert war. Sie hatte nicht gewusst, ob Evan eine Rolle in James' Leben gespielt hätte. Oder in ihrem. Sie hatte damals bezweifelt, dass er überhaupt noch etwas mit ihr zu tun haben wollte, da sie einfach ohne ein Wort zu sagen abgehauen war.

Evan war ein Drachen-Gestaltwandler. Diese Tatsache drang nur sehr langsam zu Katie durch. Eher hätte sie sich für verrückt erklären lassen, als zu akzeptieren, dass Magie real war, dass Drachen existierten. Dass ihr Sohn ein solcher Drachen-Gestaltwandler sein könnte.

„Seine Krankheit, das Fieber und das Unwohlsein ... All das ist verschwunden, seit er sich verwandelt hat." Katie sprach ihre Gedanken laut aus. „Also ist er vielleicht doch nicht krank."

Evan sah von James zu Katie und nickte. „Das glaube ich auch. Es ist normal, dass Gestaltwandler-Kinder leicht reizbar sind und scheinbare Krankheitssymptome haben, wenn sie sich ihrer ersten Verwandlung nähern. Das liegt daran, dass ihre Gestaltwandler-Seele in ihnen erwacht und sich eine gewisse Energie ansammelt, die sehr unangenehm ist und immer schlimmer wird, bis sie sich schließlich ihren Weg nach außen bahnt und sie sich verwandeln."

Katies Magen krampfte sich bei diesem Gedanken zusammen. Hatte Evan das auch durchgemacht, als er ein Kind gewesen war? „Ist es schmerzhaft?"

„Es ist nicht schlimmer als Wachstumsschmerzen", sagte er. „Es ist unangenehm, aber nicht unerträglich. Jetzt, nachdem er sich verwandelt und seinen inneren Drachen akzeptiert hat, wird es ihm besser gehen."

„Kannst du das garantieren?"

Evan lächelte, und Katies Herz machte einen Satz. Er hatte so eine starke Wirkung auch sie, auch wenn er das

scheinbar gar nicht beabsichtigte. Das war einer der
Gründe, warum sie sich damals so zu ihm hingezogen
gefühlt hatte.

„Das kann ich", antwortete er. „Allerdings wirst du in
den nächsten Monaten noch ein paar plötzliche Verwand-
lungen erleben, während er sich daran gewöhnt. Aber
zumindest sollte er keine Schmerzen mehr haben."

Als Katie sich auf den Weg in die Arztpraxis gemacht
hatte, um nach Antworten zu suchen, warum James so
krank war, hatte sie definitiv nicht an Magie oder Drachen-
Gestaltwandler als Ursache für sein Unwohlsein gedacht.
Sie hatte befürchtet, dass er sich einen ungewöhnlichen
Virus eingefangen oder vielleicht eine seltene Allergie
gegen etwas entwickelt hatte. Etwas Normales, Menschli-
ches, etwas, das wahrscheinlich heilbar war. Aber James war
ein Drachen-Gestaltwandler wie sein Vater, und das würde
er auch bleiben. Es war etwas, womit sie für den Rest ihres
Lebens zurechtkommen müssten. Und etwas, womit James
für den Rest seines Lebens zurechtkommen müsste.

„Magie gibt es also wirklich", sagte Katie. Sie erwartete
ein Gefühl der Freude oder des Erstaunens angesichts
dieser Erkenntnis, aber sie fühlte kaum etwas. Sie war
erleichtert, dass es ihrem Sohn gut ging. Aber je länger sie
über Magie und das, was sie nicht über die Welt wusste,
nachdachte, desto stärker schlich sich ein ungutes Gefühl in
ihr Inneres. Jahrelang hatte sie sich so angestrengt, um
unabhängig zu bleiben, um alles selbst zu schaffen. Für sich
selbst und für James.

Nun sah sie sich mit der Tatsache konfrontiert, dass es
so viel über die Welt gab, das sie nicht wusste oder auch nur
annähernd verstehen konnte. Nicht ohne Hilfe. Und hier,
direkt vor ihr, saß Evan. Zwischen ihr und ihm bestand eine
gewisse Anziehungskraft; eine, die sie von Anfang an

gespürt hatte. Aber sie hatte alles in ihrer Macht Stehende getan, um ihr aus dem Weg zu gehen. Während ihre Sorgen und Ängste um James langsam abflauten, konzentrierte sie sich mehr auf Evan. Wie durchtrainiert seine Muskeln waren, wie er sich abgestimmt auf ihre Bewegungen bewegte, wie die Zuneigung in seinem Blick kein bisschen nachgelassen hatte.

Er war in jeder Hinsicht perfekt. Nicht nur, dass er ihr und James würde helfen können, sich in dieser mysteriösen Welt der Magie zurechtzufinden, die er ihnen eröffnet hatte. Evan war auch James' Vater, außerdem sehr attraktiv, erfolgreich und scheinbar sehr liebevoll, was sie und James anging. Aber ihn wiederzusehen und etwas über Drachen, Magie und das, was er war, zu erfahren, das war zu viel für Katie. Sie brauchte mehr Zeit, um nachzudenken, bevor sie Entscheidungen treffen könnte, die sie vielleicht später bereuen würde, weil sie aus Angst oder ihren Gefühlen für Evan gehandelt hatte.

Sie stand mit wackeligen Beinen auf und hielt James fest. Mit jeder Bewegung wurde sie sich mehr und mehr Evans Anwesenheit bewusst. Sie sehnte sich nach seiner Berührung. Nicht nur danach, wieder seine Hand auf ihrer zu spüren oder mit ihm ins Bett zu gehen, wie sie es früher getan hatten, sondern danach, dass er sie und James festhielt. Nach seiner Liebe. Aber Katie war sich nicht sicher, ob sie ihrer überhaupt würdig war; nicht, nachdem sie so abrupt verschwunden war und ihm James vorenthalten hatte.

„Katie, du musst nicht gehen. Du kannst hierbleiben, ich kann dir helfen …", hob Evan an.

„Ich brauche Zeit, um über all das nachzudenken. Es ist zu viel", erwiderte Katie. „Danke, dass du … dass du mir erklärt hast, was passiert ist. Was du und unser Sohn sind.

Aber bevor ich entscheide, wie es weitergeht, brauche ich etwas Zeit für mich."

Sie schrieb ihre Handynummer auf, und er reichte ihr eine Visitenkarte mit seiner persönlichen Nummer, die er auf die Rückseite gekritzelt hatte. Dann sammelte sie ihre Sachen ein und verließ eilig den Konferenzraum. Bei jedem Schritt, den sie sich von Evan entfernte, protestierte ihr Körper und rief ihr zu, dass sie zu ihm zurückkehren sollte. Aber sie war so durcheinander, in einem Strudel von Emotionen, und sie musste erst einmal mit sich selbst ins Reine kommen. Sie verabschiede sich von der Wärme, die sie spürte, wenn sie bei Evan war, und begrüßte die Kälte des Alleinseins. Dann ging sie zurück nach Hause.

6

EVAN

Er hatte einen Sohn.

Evan war draußen in den Bergen nördlich von Blackfall und verbrachte ein bisschen Zeit mit der Erde und sich selbst. In der Natur zu sein heilte ihn auf eine Weise, die die menschliche Welt niemals zustande bringen würde. Seine Magie verband sich mit der Erde und erlaubte ihm, seine Emotionen dank ihrer Berge, Täler und Flüsse zu verarbeiten. Er drückte seine Magie in den Boden, atmete die Felsen und das Gras und die Erde ein und erlaubte sich, nachzudenken. Er wurde eins mit der Erde.

Obwohl eine Woche vergangen war, seit er Katie wiedergesehen hatte, hatte Evan die Tatsache, dass er ein Kind hatte, immer noch nicht ganz verarbeitet. Sein eigenes Kind aus Fleisch und Blut. Da er das Kind nur ein paar Minuten gesehen hatte, bevor Katie wieder gegangen war, fiel es ihm beinahe leichter, zu glauben, dass alles ein seltsamer Traum gewesen war. Das konnte doch nicht wahr gewesen sein. Aber Evan wusste, dass es passiert war. Es war so real gewesen wie seine Hände, sein Job, jeder andere Aspekt seines Lebens. James war real, und Katie hatte ihn fast drei Jahre lang von Evan ferngehalten.

Warum?

Das war es, was Evan in dieser Woche versucht hatte herauszufinden. Und dann hatte er sich damit abgefunden, dass sie plötzlich und aus dem Nichts mit ihrem gemeinsamen Kind aufgetaucht war. Einem Sohn, James. Er war genauso schön wie seine Mutter, aber Evan hatte auch etwas von sich selbst in dem kleinen Jungen gesehen.

Obwohl Evan mit der Zeit akzeptiert hatte, dass er nicht durchdrehte, dass Katie und James real waren, wäre es einfacher gewesen, wenn er die Chance gehabt hätte, mehr Zeit mit ihnen zu verbringen. Jetzt wünschte sich Evan nichts sehnlicher, als seinen Sohn und die Mutter seines Kindes in den Armen zu halten. Aber er war zu verwirrt gewesen, um auch nur daran zu denken. Katie war so schnell wieder in sein Leben getreten, wie sie damals verschwunden war.

Evan blieb jetzt nur seine Imagination, wie es sich anfühlen würde, die beiden in seinen Armen zu halten. Wäre es so warm und heilend wie jetzt, da er im Einklang mit der Urkraft der Erde war? Oder wäre es sogar noch besser, weil er sich mit Katie auf eine Weise verbunden fühlte, die weit über das hinausging, wozu Magie fähig war? Zwischen Evan und Katie hatte es von Anfang an etwas gegeben, eine Verbindung, die ihn ständig an sie hatte denken lassen, auch wenn er sie seit Jahren nicht mehr gesehen hatte.

Sie wiederzusehen, ihre Hand zu halten, während sie geweint hatte, ihren Sohn zu sehen – all das hatte die Verbindung zwischen ihnen wiedererweckt. Nein, es hatte sie stärker gemacht als zuvor. Er fühlte sie jetzt, als wäre sie ein Teil von ihm, aber so weit weg. Sie war nur noch eine

Spur auf der Erde, mit der er gerade verbunden war. Er konnte sie spüren, wenn er es versuchte. Er fühlte den Druck ihrer Füße auf den Linoleumfliesen an ihrem Arbeitsplatz in der Innenstadt. Er wusste, dass sie es war, genauso wie er wusste, dass die subtilen Bewegungen des Grases etwas weiter weg von ihm eine Rehmutter mit ihrem Kitz waren, die durch den unteren Berghang in Richtung des Flusses gingen.

Katie war jetzt ein Teil von ihm, genauso wie sein Sohn. Er konnte James nicht so gut spüren wie Katie. Er hatte den Jungen nicht berührt, obwohl Evan sich mehr als alles andere wünschte, er hätte es getan. Aber Katie war so verzweifelt gewesen, dass Evan kaum in der Lage gewesen war, darüber nachzudenken, was er hatte tun sollen, um ihr klarzumachen, dass mit ihr und James alles in Ordnung war.

Zunächst hatte Evan gedacht, dass das vielleicht die falsche Entscheidung gewesen war. Indem er ihr sofort alle Antworten auf ihre Fragen gegeben hatte, hatte Evan es versäumt, *sie* um Antworten zu bitten. Aber das wäre nicht wirklich fair gewesen, und Evan wusste das. Egal, wie sehr er wissen wollte, warum Katie vor all den Jahren verschwunden war, warum sie Evan nicht von James erzählt hatte. Eine Antwort auf diese Fragen würde nichts daran ändern, dass es passiert war. Und wenn er sie zu Antworten drängte, würde er es vielleicht nur noch weiter von sich wegstoßen.

Dennoch schmerzte es.

Es war eine *Woche* vergangen, seit sie in seiner Arbeit aufgetaucht war. Er hatte ihr ein paar Nachrichten geschickt, aber sie hatte darauf immer nur kurz geantwortet. Sie dachte nach. Sie brauchte mehr Zeit. Und obwohl Evan wusste, dass er ihr mehr Zeit geben musste, machte er sich dennoch Sorgen. Drei Jahre waren vergangen, in denen er nicht gewusst hatte, dass er einen Sohn hatte. Drei Jahre lang hatte sein Sohn nichts von ihm gewusst. Drei Jahre lang war er nicht da gewesen, um Katie zu unterstützen, während sie James großgezogen hatte. Evan wollte das unbedingt irgendwie wiedergutmachen. Er wollte, nein, *musste* sie vor den Gefahren da draußen in der Welt beschützen, vor all den schlimmen Dingen, von denen er wusste, dass sie in den Schatten verborgen waren.

Da Katie jetzt wusste, dass Magie real war, wäre sie nun in größerer Gefahr als vorher, als sie davon keine Ahnung gehabt hatte? Leider kannte Evan sie nicht gut genug, um zu wissen, was sie tun würde, und das missfiel ihm am meisten. Sogar sein Drache war genervt von seiner Verwirrung und Verzweiflung darüber, was er tun sollte, und er hatte ihn mitten ins Nirgendwo geführt und gefordert, dass sie etwas Dampf abließen, indem sie in die Wildnis hinausflogen, wo niemand sie sehen könnte. Dort hatte er dann mit seiner Magie in die Erde eintauchen sollen, wie er es jetzt tat, und die Antworten in sich selbst finden.

Evan wusste allerdings nicht, ob er welche finden würde. Je mehr er an das dachte, was passiert war, seit er diesen Konferenzraum betreten und das mit Katie und James herausgefunden hatte, desto frustrierter wurde er. Warum hatte sie nicht mit ihm reden wollen? Evan hatte doch nichts falsch gemacht, oder? Nein, das hatte er nicht. Aber andererseits, welchen Grund hätte Katie gehabt, vor all den Jahren zu verschwinden, ihm nichts von James zu erzählen, wenn Evan nichts falsch gemacht hatte? Wahrscheinlich dachte Katie, dass mit Evan etwas nicht stimmte, und war deshalb ohne ein Wort verschwunden.

Evan überlegte fieberhaft, was er falsch gemacht haben könnte und warum Katie bis zur letztmöglichen Minute gewartet hatte, um Evan von dem Jungen zu erzählen, als sie sich bei ihm wegen James' „Krankheit" hatte erkundigen wollen. Er fragte sich, warum sie jetzt nicht mit ihm reden wollte, wo er doch nichts anderes wollte, als ihr zu helfen, als sie und ihren Sohn besser kennenzulernen.

Nach einer Stunde endlosen Grübelns erkannte Evan, dass er es nur noch schlimmer machte. Also hob er seine Magie aus der Erde, ließ sie aus ihrem Kern aufsteigen, durch ihren Mantel, und ließ sich auf den äußeren Bereichen der Kruste nieder. Er lauschte den Geräuschen der Stadt auf der anderen Seite der Berge, er floss mit den Flüssen ins Meer, er tauchte unter die Wellen und schwamm mit den Walen, Haien und Fischen. Evan wurde eins mit der Natur. Er ließ seine menschlichen und seine Drachen-Gedanken in der natürlichsten Magiequelle überhaupt verschwinden: dem Leben.

Und nachdem sein Mitschwimmen mit dem Fluss des Lebens die Sorgen, die ihn gequält hatten, davongespült hatte, zog er die Hände aus der Erde, saugte den letzten Rest von sich und seiner Magie aus ihr und klopfte sich die Hände ab. Hier, in der Nähe von Blackfall, hatte die Erde keine neuen Schäden erlitten, die er hätte heilen müssen. Das war gut, aber er war auch auf der Suche nach einer geeigneten Ablenkung gewesen; einem Grund, aus der Stadt zu fliegen und sich für ein paar Tage seiner Drachennatur hinzugeben. So hatte er seinen Sorgen um Katie und James auf eine Art und Weise entfliehen können, wie er es bei seiner täglichen Arbeit Bergen von Unterlagen und der Produktionslogistik nicht geschafft hätte.

Jetzt aber, nachdem die Erde ihm seine Sorgen genommen hatte, betrachtete Evan die Situation viel gelassener. Er hatte einen Sohn, und er freute sich darauf, Teil von dessen und Katies Leben zu werden; vorausgesetzt, er würde sie davon überzeugen, ihn hineinzulassen. Offensichtlich gab es etwas, das sie davon abhielt, ihm zu vertrauen. Er würde nicht herausfinden, was es war, wenn er es zuließ, dass sie seine Nachrichten nur vage beantwortete. Er musste ihr zeigen, dass er sich ihr und ihrem Kind verpflichtet fühlte, dass er sich um sie kümmern wollte, ohne sie dabei zu verschrecken.

Leider hatte er keine Ahnung, wie er das anstellen sollte. Aber Evan war nicht allein. Er konnte auf die Unterstützung seiner wunderbaren Freunde zählen. Also verließ er den Berghang mit dem Gefühl, ein ganz neuer Mensch zu sein, entschlossen, sich um Katie und James zu kümmern. Und er machte sich zunächst auf die Suche nach Liam.

LIAM WAR BEREITS in Evans Büro, als dieser am Spätnachmittag zu InnoCell zurückkehrte. Alles war genauso, wie Evan es verlassen hatte: Die Vorhänge waren teilweise zugezogen und das Licht gedämpft, sodass man allerdings noch genügend erkennen konnte. Ein Stapel Unterlagen lag ordentlich in der Ecke seines langen, L-förmigen Glastisches.

Jedoch war etwas Neues in seinem Büro: eine kleine, goldene Plakette, die in der Mitte des Schreibtischs angebracht war. Evan sah sie, konnte sie aber von dort, wo er stand, nicht lesen.

„Evan, wo bist du gewesen?", fragte Liam und drehte sich zu ihm um.

Liams hellbraunes Haar war tiefschwarz gefärbt worden,

seit Evan ihn vor ein paar Tagen das letzte Mal gesehen hatte. Er musste das Hauptquartier zum ersten Mal nach langer Zeit wegen einer Mission verlassen haben.

„Ich habe mir den Vormittag und den Nachmittag freigenommen", antwortete Evan. „Warum? Ich habe doch kein Meeting verpasst, oder? Ich dachte, heute stünde nichts auf dem Plan."

„Du kannst nicht einfach so verschwinden. Du solltest so etwas mit mir abklären ..."

Evan seufzte. „Seit wann brauche ich deine Erlaubnis, um einen Tag für mich zu haben? Ernsthaft, Liam, du bist doch nicht meine Mutter."

„Das meinte ich nicht. Du bist einfach so verschwunden, ohne ein Wort, nichts. Das hast du noch nie gemacht."

Das stimmte allerdings. Evan hatte noch nie das Bedürfnis verspürt, für ein paar Stunden einfach zu verschwinden, um seinen Kopf wieder freizukriegen. Aber er war auch noch nie mit einer derartigen Situation konfrontiert worden. Wenn er ganz ehrlich sein sollte, hätte es sich für ihn realer angehört, dass die Claws tatsächlich aktuell eine Bedrohung darstellten und sie von einer Horde ihrer Drachen angegriffen würden, als die Tatsache, dass er Vater war. Das zu erfahren, hatte ihn auf eine Weise aus der Bahn geworfen, die er sich niemals hätte vorstellen können, und die er einfach nicht verstand. Es war, als hätte sich seine ganze Weltsicht verändert.

Evan hatte den Wunsch, James und Katie nicht nur zu beschützen, sondern die Welt um ihretwillen zu verbessern. Jetzt erschien ihm sein Vorhaben, den Menschen zu helfen, die Welt zu verbessern, nicht mehr so willkürlich. Er hatte ein echtes Interesse daran, die Fehler der Menschen rückgängig zu machen. Wenn er es nicht schaffen würde, würden nicht nur wildfremde Leute darunter leiden. Sein eigener Sohn und die Mutter seines Kindes sowie ihre Familie würden die Folgen zu spüren bekommen. Es wurde immer wichtiger, dass er sein Vorhaben erfolgreich umsetzte, auch wenn Katie beschließen sollte, Evan nie wiedersehen zu wollen.

„Es tut mir leid", sagte Evan nach einer Weile. „Ich bin einfach ... im Moment nicht ich selbst. Ich war kurz davor durchzudrehen, und brauchte Zeit, in der mein Drache und meine Magie mir haben helfen können, meine Gedanken zu sortieren."

Liam betrachtete ihn mit zusammengekniffenen Augen. Nicht misstrauisch, sondern eher ernsthaft besorgt. „Du verhältst dich seit unserem letzten Treffen, als Richter und ich vorgeschlagen haben, dass wir zum Feiern in einen Klub gehen, total seltsam. Ist es das, worum es hier geht?" Er runzelte die Stirn und schien dann zu dem Schluss zu kommen, dass das nicht der Fall war. „Nein, du wurdest am Ende des Meetings wegen etwas weggerufen, nicht wahr?"

„Es sieht dir nicht ähnlich, so ein Detail zu vergessen", sagte Evan und lächelte. „Eigentlich ist es sogar untypisch für dich, dass du nicht schon herausgefunden hast, was passiert ist."

„Das mag sein, aber ich dachte, es wäre nur etwas in der Abteilung, dem ich nicht unbedingt hätte nachgehen müssen. Aber ich habe mich geirrt, nicht wahr? Es ist etwas passiert."

„Ja, das könnte man so sagen." Evan stockte, unsicher, wie er Liam sagen sollte, was er zu sagen hatte. Er brauchte die Hilfe seines Freundes, und er würde sie nicht bekommen, wenn er Liam nicht alles erzählte. „Ich habe herausgefunden, dass ich einen Sohn habe."

Liam lachte und drückte eine Hand auf seinen Bauch. „Bitte, Evan. Du, Vater?"

Als Evan die Stirn runzelte, weil er diesen Gedanken nicht für sonderlich witzig hielt, hörte Liam auf zu lachen. Sein Gesicht nahm einen ernsten Ausdruck an.

„Warte mal, meinst du das ernst?", fragte er.

„Eine Frau, mit der ich vor ein paar Jahren mehrmals geschlafen habe ... Sie ist hier aufgetaucht. Das war der Grund, warum ich weggerufen wurde." Evan verschränkte die Arme. „Es stellte sich heraus, dass sich ihr Kind in einen Drachen verwandelt hatte, also war sie durcheinander und versuchte herauszufinden, was los war. Verständlicherweise dachte sie, sie würde ihren Verstand verlieren."

„Scheiße."

Evan lachte. „Ja, das fasst die Situation in etwa zusammen."

„Nein, *Scheiße*. Das ist ein großes Sicherheitsrisiko."

„Das ist es, worüber du dir Sorgen machst? Ich habe gerade herausgefunden, dass ich einen Sohn habe, mein Freund, und alles, woran du denkst, ist Sicherheit?" Evan wurde ein wenig wütend. Liam durfte nicht über James und Katie reden, als wären sie irgendwelche Leute, die Zugang zu Informationen erhalten hatten, mit denen sie nichts zu tun haben durften. Sie waren jetzt ein Teil von Evans Familie, auch wenn sie noch nicht ganz eine Familie waren.

„Ich meine, sie sind in Gefahr, wenn die Claws von ihnen erfahren. Ich werde so schnell wie möglich ein Sicherheitskommando zusammentrommeln", sagte Liam.

Evan seufzte. „Du redest immer noch von den Claws?"

„Evan, vor ein paar Tagen haben sie sich wieder gerührt. Noch nichts Großes und nicht in Blackfall, aber das ist das erste Mal seit fast einem Jahr, dass wir etwas gesehen haben."

Das Problem der Claws und der damit verbundenen Sicherheitsrisiken schien so unbedeutend angesichts der

Tatsache, dass Evan nun einen Sohn hatte. Und dass er ihn nicht sehen oder halten konnte, egal wie sehr er sich danach sehnte. Er brauchte Liams Hilfe, keinen weiteren Vortrag über Sicherheitsfragen und die Claws. Evan wollte, dass es Katie und James gut ging und sie in Sicherheit waren. Aber dafür musste er sie dazu bringen, mit ihm zu reden.

„Hör zu, Liam", sagte Evan, „ich weiß, du meinst es gut, wirklich. Ich wollte dich nicht beunruhigen, und ich wäre auch nicht verschwunden, ohne etwas zu sagen, wenn ich gewusst hätte, dass die Claws wieder aktiv sind. Aber die Claws und auch meine tägliche Arbeit haben einfach viel von ihrer Bedeutung verloren, als ich erfahren habe, dass ich einen Sohn habe, dass ich drei Jahre seines Lebens verpasst habe und ihn oder seine Mutter immer noch nicht sehen kann."

Liam nickte und dachte darüber nach. „Sie kam und hat dich um Hilfe gebeten, und als du ihr gesagt hast, dass du ein Drachen-Gestaltwandler bist und ihr Sohn ebenfalls, ist sie abgehauen und hat seitdem nicht mehr mit dir gesprochen."

„Ja, und ich weiß nicht, was ich tun soll. Wie kann ich sie vor den Claws beschützen, wenn ich sie nicht mal vor sich selbst schützen kann? Jetzt endlich könnten sie und ich herausfinden, wie wir zueinander stehen, aber auf meine Nachrichten antwortet sie immer nur knapp. Auf meine Fragen und Vorschläge, wie ich ihr helfen könnte, reagiert sie nicht."

„Evan", sagte Liam, „ich kenne dich seit Jahren, und wir waren immer beste Kumpel, also hoffe ich, du verstehst das nicht falsch, aber du hast manchmal wirklich eine einschüchternde Art, weißt du das? Du bist nicht nur ein großer, starker Typ, sondern du verhältst dich manchmal auch wie ein Alphamännchen, ohne es zu merken. Und, glaub mir, manche Frauen lieben das – und vielleicht tut das deine Katie unter normalen Umständen auch –, aber das ist wahrscheinlich nicht das, was sie momentan braucht."

Liam hatte bereits früher über Evan gesagt, dass er dazu neigte, den Alpha raushängen zu lassen, wenn etwas nicht nach seinen Vorstellungen lief. Sie scherzten manchmal untereinander, dass es ein Wunder war, dass er bei Danny Langton, dem CEO von InnoCell, nicht den Alpha hatte raushängen lassen und nicht versucht hatte, die Firma zu übernehmen. Denn Evan neigte dazu, die Kontrolle an sich zu reißen. Er selbst fand nicht, dass er so schlimm sei, und außerdem hatte er keine Lust, die ganze Firma zu führen. Also hatte er den Witz nie verstanden.

Aber jetzt verstand er Liam. Jetzt ging es weniger darum, alles zu kontrollieren, sondern um das, was ihm wichtig war. Zwischen Evan und Danny gab es keine Rivalitäten, weil Danny Evan die Freiheiten gab, die Dinge so zu regeln, wie er es für richtig hielt. Bei Katie hingegen hatte Evan das Gefühl, dass alles außer Kontrolle geraten war und er sie *übernehmen* musste, weil nichts so funktionierte, wie er es wollte. Sein Wunsch war, Katie und James zu helfen. Er wollte sie doch nicht kontrollieren.

„Ich weiß, dass ich einen leichten Kontrollwahn habe", sagte Evan, nachdem er ein wenig darüber nachgedacht hatte, „aber ich will Katie und James doch einfach nur helfen, nicht die Kontrolle über ihr Leben übernehmen, oder so etwas. Ich will einfach nur für sie da sein, ihnen helfen und die Zeit nachholen, die ich mit ihnen verpasst habe."

„Und genau das ist das Problem. Hast du jemals in

Betracht gezogen, dass sie dir vielleicht nie von James erzählt hat, weil sie genau das nicht will?", fragte Liam.

Evan runzelte die Stirn. Al er Katie kennengelernt hatte, war er beeindruckt gewesen, wie unabhängig und selbstbewusst sie war. Sie hatte ihr Leben in der Hand und war nicht auf der Suche nach einem Mann, der ihr jeden Wunsch von den Lippen ablesen würde. Was, wenn Liam recht hatte und sie verschwunden war, nachdem sie herausgefunden hatte, wer Evan war, weil er ihre Unabhängigkeit bedroht hätte?

„Du meinst, ich gehe die Sache falsch an", sagte Evan. „Vielleicht braucht sie niemanden, der sich um sie und James kümmert. Vielleicht will sie nur jemanden, der da ist, um sie zu unterstützen. Sie will weiterhin selbstständig sein und keinen, der ihr seinen Willen aufdrückt."

Liam klopfte Evan auf die Schulter. „Da hast du es, mein Freund. Ich glaube, du hast es erfasst. Ich weiß nicht, wie Katie ist, aber ich war schon mit vielen Frauen zusammen, hatte mehr Beziehungen, als mir lieb ist, und weiß natürlich, dass jede Frau anders ist. Aber wenn eine Frau dein Angebot, sich um sie zu kümmern, ablehnt, dann nicht unbedingt, weil sie dich nicht mag, sondern weil sie sich nicht wohl dabei fühlt, so an jemanden gekettet zu sein. Zumindest metaphorisch."

„Wenn sie keinen Ritter in glänzender Rüstung will, kann ich das total verstehen. Ich will mich nicht in ihr Leben einmischen. Aber wie soll ich das umgehen? Ich möchte ihr ja nach wie vor helfen und zumindest ein Vater sein, der sich um seinen Sohn kümmert. Und das kann ich nicht, wenn sie nicht mit mir reden will."

„Du wirst selbst herausfinden müssen, was bei ihr am besten funktioniert", antwortete Liam. „Aber meine Faustregel ist, langsam anzufangen. Zeig ihr, dass du dich um sie kümmerst und dass du für sie und James da bist, ohne etwas dafür zu verlangen. Geh es langsam an, gewinne ihr Vertrauen und schau, wohin die Dinge führen. Wenn sie dich bereits drei Jahre aus ihrem Leben ausgeschlossen hat, musst du wahrscheinlich eine harte Nuss knacken, um das, was sie davon abgehalten hat, mit dir zusammen zu sein, zu ergründen und zu beseitigen. Aber hey, du weißt ja, was man sagt."

„Nichts, wofür es sich zu kämpfen lohnt, ist einfach", sagte Evan.

Und das war bei Katie und James definitiv der Fall. Evan würde kämpfen, um bei ihnen sein zu können, um Katie zu zeigen, dass er für sie und James da sein wollte; egal, wie er es anstellen müsste. Er war entschlossen genug, jede Herausforderung, die sich ihm in den Weg stellen würde, zu meistern. Denn es gab nichts auf der Welt, was wichtiger war.

7

KATIE

atie half ihrer Kundin, sich im Stuhl zurückzulehnen, und ließ deren Haare ins Waschbecken gleiten, um sie vor dem Haarschnitt zu waschen. Zum Glück war es keine ihrer Stammkundinnen, sodass sie nur oberflächlich mit ihr plaudern musste. Wäre es eine ihrer Stammkundinnen gewesen, wie zum Beispiel Hilda, hätte sie sofort gemerkt, dass mit Katie etwas nicht stimmte, und sie wollte nicht darüber reden. Sie wollte sich einfach nur in ihrer Arbeit verlieren und ausnahmsweise einmal nicht an ihr katastrophales Leben denken. Aber als sie sich dem Waschen der Haare dieser Kundin hingab, musste Katie doch wieder nachdenken.

Jedes Mal, wenn sie an James dachte, kehrte gleichzeitig die Angst zurück. Er hatte sich erneut in einen Drachen verwandelt, seit sie bei Evan gewesen war und er ihr erzählt hatte, was ihr Sohn war. Zunächst hatte Katie das nicht glauben und annehmen wollen. Aber nachdem sie etwas Zeit gehabt hatte, um sich zu beruhigen und nachzudenken, war sie zu dem Schluss gekommen, dass sie ihn für das akzeptieren musste, was er war.

Beim zweiten Mal hatte er sich zwei ganze Stunden lang verwandelt, und obwohl er ein wildes Fabelwesen mit rasiermesserscharfen Klauen und Zähnen gewesen war, hatte er sich immer noch wie ihr kleiner, menschlicher Sohn verhalten. Er hatte mit seinem Spielzeug gespielt, war auf dem Boden herumgetollt und hatte ein unnatürliches Interesse an anderen Drachen gezeigt. James war schon immer so gewesen – von Drachen angezogen. Irgendwie machte die Tatsache, dass James immer schon Drachen gemocht hatte, die Tatsache, dass er selbst ein Drache war, für sie nachvollziehbarer. Sie konnte es nicht erklären, es fühlte sich einfach nur richtig an.

Zwar hatte Katie Angst, allerdings nicht vor James. Sie hatte keine Sekunde lang befürchtet, er würde ihr etwas antun. Wovor sie allerdings Angst hatte, war die Möglichkeit, dass er sich versehentlich vor anderen Leuten oder in der Kita verwandeln könnte, wenn sie nicht bei ihm war. Der Gedanke daran, was sie ihm antun könnten, machte sie krank. Sie durfte nicht zulassen, dass ihrem Baby etwas passierte. Also musste sie, obwohl es viel teurer war, einen Babysitter einstellen, der auf ihn aufpasste, während sie bei der Arbeit war. Dazu musste sie zusätzliche Schichten arbeiten, als Teil von Carls Strafe dafür, dass sie an diesem Tag nicht zur Arbeit gegangen und sich geweigert hatte, mit ihm zu schlafen. Sie würde dieses Arschloch niemals an sich heranlassen.

Katie spülte das Shampoo aus und machte noch etwas Small Talk über ihre jeweiligen Berufe – die Frau war Buchhalterin. Dann konzentrierte Katie sich wieder auf ihre eigentliche Aufgabe, das Schneiden und Stylen von Haaren. Die Frau hatte wunderschönes, langes blondes Haar – sogar heller als Katies – und wollte es kürzer haben. Das war zwar etwas bedauerlich, da sie so eine gepflegte Mähne hatte, aber Katie wusste aus eigener Erfahrung, wie viel Zeit und Mühe es kostete, so schöne Haare zu haben. Also konnte sie das gut nachvollziehen.

Die Frau redete ununterbrochen von einem Liebesroman, den sie gerade las und in dem es um einen Prinzen ging, der seine geliebte Prinzessin rettete. Katie nickte nur ab und zu, während sie der Frau die Haare kämmte. Eigentlich hätte sie ihrer Kundin gerne gesagt, wie sehr sie diese Art von Geschichten hasste. Warum konnten nicht ausnahmsweise mal die Frauen die Männer retten? Oder warum musste sie eine Jungfrau sein? Das störte sie vor allem wegen ihrer aktuellen Situation mit Evan.

Katie hatte sich in ihrem ganzen Leben nie den Luxus gegönnt, sich vorzustellen, sie könnte eine zarte Jungfer in Not sein, die auf ihren Prinzen wartet, der sie rettet. Sie hatte schon früh auf eigenen Beinen stehen müssen, weil ihre Eltern es gefordert hatten. Sie hatte ihren eigenen Beitrag leisten müssen. Es gab keinen Prinzen, der in ihr Leben getreten wäre und sie gerettet hätte. Sie hatte sich alles selbst erarbeiten müssen.

Und Katie schätzte diese Einstellung sehr. Obwohl ihre Mutter in jeglicher anderen Hinsicht eine Nervensäge war, war Katie dank ihr sehr unabhängig geworden und war immer ohne die Hilfe von jemand anderem zurechtgekommen. Und jetzt hatte sie mit Evan doch einen Prinzen, der bereit war, in ihr Leben zu treten und ihre Probleme mit seinem Reichtum zu lösen. Aber diese Art von Luxus hatte immer seinen Preis, nicht wahr? In den Geschichten wurden die Prinzessinnen schließlich von ihren Prinzen abhängig.

Katie wollte ihre Freiheit und ihre Unabhängigkeit nicht aufgeben, nur um dann festzustellen, dass ihr Märchenprinz doch nicht der war, für den sie ihn gehalten hatte.

Wenn er zu gut schien, um wahr zu sein, war das wahrscheinlich auch der Fall. Evan schien wirklich ein guter Mann zu sein, aber sie konnte das Gefühl nicht loswerden, dass da noch etwas anderes an ihm war. Er war unglaublich heiß, und er hatte sich immer gut um sie gekümmert, wenn sie miteinander geschlafen hatten. Aber auch wenn das ganze Geld und die Macht, die er besaß, sie zugegebenermaßen etwas einschüchterten, steckte mehr in ihm als nur das.

Aber erst jetzt war sie gezwungen, sich damit auseinanderzusetzen. Vorher hatte sie einfach gedacht, sie würde ihn nie wiedersehen und das war's. Jetzt schien es offensichtlich, dass das, was sie die ganze Zeit über bei ihm gespürt hatte, real gewesen war. Es *hatte* etwas Geheimnisvolles und Seltsames an ihm gegeben: Er war ein Drachen-Gestaltwandler. Vielleicht war das der Grund, warum sie sich so verdammt zu ihm hingezogen fühlte und nach ihrem Verschwinden nicht hatte aufhören können, an ihn zu denken. Und zwar nicht nur, weil er James' Vater war.

Unabhängig davon musste sich Katie nun mit der Tatsache auseinandersetzen, dass Evan ein Drachen-Gestaltwandler war, und damit auch ihr Sohn. Nicht nur das, auch Magie war real, ebenso wie die Existenz unzähliger weiterer magischer Kreaturen. Katie glaubte nicht, dass sie sich in dieser Welt ohne Evans Hilfe zurechtfinden würde. Wie sollte sie einen Sohn großziehen, der sich in einen Drachen verwandeln konnte? Bestimmt gab es für so etwas keine Gebrauchsanweisung im Internet.

Katie war es nicht gewohnt, um Hilfe zu bitten. Oder überhaupt welche zu brauchen. Am allerwenigsten von reichen Männern, die von Frauen wie ihr normalerweise nur eines wollten: einen netten Abend, und das war's dann.

Katie hatte es Evan leicht gemacht, indem sie abgehauen war.

Aber dadurch hatte sie sich selbst das Leben schwer gemacht. Ganz zu schweigen von James' Leben. Sie war selbstsüchtig gewesen, und sie wusste nicht, wie sie das wiedergutmachen sollte. Oder ob sie das überhaupt könnte.

Katie hatte gerade die Haare ihrer Kundin fertig gekämmt und holte die Schere heraus, um mit dem Schneiden zu beginnen. Es tat ihr leid um die langen, schönen Locken, die zu Boden fielen. Aber Katie war gut in ihrem Job, und sie würde dafür sorgen, dass ihre Kundin besser aussah denn je.

Während sie ein gutes Stück von der Länge abnahm und die Frau weiter über ihren Liebesroman plauderte, schaltete Katie immer mal wieder ab und dachte über ihre Situation mit Evan nach. Er hatte ihr in der vergangenen Woche mehrere SMS geschrieben und gesagt, dass er für sie und James da sein wollte. Er wollte die drei Jahre, die er verpasst hatte, irgendwie wiedergutmachen. Katie fühlte sich deswegen ein wenig schuldig, andererseits war sie auch genervt. War ihm nicht klar, dass es Katies Schuld gewesen war, da sie ihm seinen Sohn vorenthalten hatte?

Aber ein Teil von ihr stand dem Ganzen auch zynisch gegenüber und konnte nicht glauben, dass jemand wie er tatsächlich daran interessiert war, die Rolle des pflichtbe-wussten Vaters für ein Kind zu spielen, das er kaum kannte. Sie wollte und brauchte seine Hilfe nicht. Und sie wollte auch nicht, dass er dachte, er könnte einfach in ihr Leben treten, nur weil er Geld hatte und James' Vater war. Dieses Recht musste er sich erarbeiten, auch wenn es nicht seine Schuld gewesen war, dass er nichts von seinem Sohn gewusst hatte.

Am meisten wollte Katie einfach nur das Richtige für

ihren Sohn tun. Er brauchte eine Vaterfigur in seinem Leben, und idealerweise wäre das sein richtiger Vater, der ihm beibringen könnte, was es heißt, ein Gestaltwandler zu sein. Und wie er mit seinen magischen Fähigkeiten umgehen sollte. Sie hatte an diesem Morgen wieder eine Nachricht von Evan erhalten, aber anstatt ihr und James seine Hilfe anzubieten, hatte er geschrieben, dass er sich mit ihr treffen und mit ihr reden wollte. Also hatte Katie ernsthaft in Erwägung gezogen, ihn anzuhören. Schließlich waren es vor allem ihre eigenen Ängste, die sie davon abhielten, ihm zu vertrauen, und nicht etwas, das er getan hatte.

Katie musste ihren Stolz überwinden, und sie wusste es.

Aber nicht nur das. Sie wusste nicht, wie lange sie es aushalten würde, ihn nicht zu sehen. Sie hatte sich immer wahnsinnig zu ihm hingezogen gefühlt, und deshalb hatten sie überhaupt so oft miteinander geschlafen. Jetzt, da sie ihn wiedergesehen hatte, schaffte sie es kaum, ohne ihn zu sein. Sie konnte sich dieses Gefühl nicht erklären. Vielleicht war es Magie. Oder ihr Körper weigerte sich einfach, sich einzugestehen, wie viel Angst sie davor hatte, von jemand anderem abhängig zu werden.

Katie war fertig mit dem neuen Haarschnitt der Kundin und drehte sie zum Spiegel. „Und, was meinen Sie?", fragte sie lächelnd.

Sie hatte die goldenen Locken der Frau von knapp über Hüfthöhe bis knapp unter die Schultern abgeschnitten. Das war natürlich immer noch lang, nur nicht mehr so pflegeintensiv.

Kurz herrschte Stille, dann schrie die Frau: „Meine Haare! Meine Haare! Was haben Sie getan?"

Katies Freude über ihren gelungenen Haarschnitt wandelte sich in Entsetzen, als hätte man ihr einen Schlag in den Magen versetzt. „Was meinen Sie damit? Ist das nicht das, was Sie wollten?"

„Nein! Ich wollte nur ein *paar* Zentimeter kürzer, nicht zwanzig Zentimeter!"

Die Frau wurde sehr schnell hysterisch und fing an zu schluchzen. Katie wurde klar, dass sie das hier gründlich vermasselt hatte. Sie hätte schwören können, dass die Frau gesagt hatte, sie wollte zwanzig Zentimeter kürzer. Noch nie in ihrem Leben hatte sie bei der Arbeit einen so schrecklichen Fehler gemacht. Katie war völlig durcheinander. Was hatte sie getan? Diese Frau hatte wahrscheinlich Jahre gebraucht, um sich die Haare so lang wachsen zu lassen, und durch Katies Nachlässigkeit war sie sie innerhalb weniger Minuten losgeworden.

Alles nur, weil sie so sehr in ihre eigenen Probleme vertieft gewesen war.

KATIE HIELT sich die Hände vors Gesicht, während Carl sie anschrie. Sie konnte ihn nicht ansehen. Sie wusste, dass sie einen großen Fehler gemacht hatte und dass sie dafür teuer würde bezahlen müssen. Aber das bedeutete nicht, dass sie sich seine groben Beschimpfungen gefallen lassen musste.

„Ich habe dir so viele Chancen gegeben, Katie", rief Carl und schlug mit den Fäusten auf den Schreibtisch. Dabei klapperten die Bleistifte im Becher, und Katie zuckte zusammen und ließ die Hände fallen. Also war sie gezwungen, ihn wieder anzuschauen. Sein Gesicht war rot vor Wut. „Weißt du eigentlich, was für einen Scheiß-Rattenschwanz das nach sich ziehen wird? Ich hatte noch nie so eine so wertlose Mitarbeiterin wie dich. Ich habe dich so lange behalten, weil die Leute dich mögen. Die Kunden mögen dich, deine Kollegen ... *Ich* mag dich. Aber deine Arbeit war immer furchtbar."

Sie biss die Zähne zusammen und zwang sich, nicht zu widersprechen. Sie wusste, dass er ein verdammter Lügner war und versuchte, sie dazu zu bringen, sich noch schlechter zu fühlen, als sie es ohnehin schon tat. Katie war gut in ihrem Job, eine der besten Friseurinnen dieses Salons. „Ich habe einen Fehler gemacht", sagte Katie. „Und bin bereit, die Konsequenzen zu tragen."

Sie würde wahrscheinlich dafür gefeuert werden, das wusste sie. Sie hatte es verdient, dafür gefeuert zu werden, dass sie zu viel der Haare der armen Frau abgeschnitten hatte. Katie war nicht ganz bei der Sache gewesen. Sie hätte sich vergewissern sollen, ob das wirklich das gewesen war, was die Kundin gesagt hatte.

„Glaubst du, so einfach wäre das? Wir werden wegen dir lauter Kunden verlieren, wenn das erst einmal rauskommt", sagte Carl. „Du hast uns nicht nur eine Unmenge an Kunden vergrault, sondern uns allen auch einen Haufen Ärger bereitet."

Carl lehnte sich in seinem Stuhl vor, als Katie nicht sofort antwortete. „Ich weiß aber, dass du diesen Job brauchst, Katie. Ich bin kein Unmensch. Ich kann dich aber nach dem hier nicht weiter im Salon arbeiten lassen, sondern muss dich woanders einteilen."

Katie wurde es angst und bange. Sie wusste, was als Nächstes kommen würde, und nachdem sie ihm die letzten fünfzehn Minuten dabei hatte zuhören müssen, wie er sie beschimpfte, würde sie das wahrscheinlich nicht mehr über sich ergehen lassen können. Aber sie würde nicht weinen. Diese Genugtuung würde sie ihm nicht geben.

„Warum sollten Sie das tun?", fragte sie.

„Wenn ich dir helfe, dann wirst du mir auch helfen", erwiderte er. Er stand von seinem Stuhl auf, ging langsam um seinen Schreibtisch herum und auf sie zu.

Ein Schauer lief über Katies Rücken. Nicht nur von der Art, wie er sich bewegte und redete, sondern auch von der Art, wie er sie ansah, als wäre sie ein Objekt für ihn; etwas, das nicht so funktionierte, wie er wollte. Kurze Zeit war sie sprachlos und konnte sich nicht rühren.

„Willst du deinen Job behalten, Katie?" Er deutete auf den Schreibtisch. „Dann beug dich über den Schreibtisch."

Katie zuckte zusammen und ging auf die Tür zu, bevor er sie aufhalten konnte. „Was zum Teufel ist los mit Ihnen?", schrie sie, unfähig, ihre Wut im Zaum zu halten. „Wie oft muss ich Ihnen noch einen Korb geben, bevor Sie es kapieren? Wie viele Frauen haben Sie in diesem schrecklichen Salon versucht zu verführen, dass Sie glauben, Sie könnten mit diesem Verhalten davonkommen? Sie sind einfach nur krank. Bleiben Sie mir vom Leib."

Katie tastete nach dem Türgriff hinter sich und machte die Tür auf, bevor Carl irgendetwas anstellen konnte. Ihr Herz hämmerte in ihrer Brust, als sie in den Flur trat, wo eine ihrer Kolleginnen, Misa, gerade ein Poster an der Wand austauschte. Er konnte ihr nichts antun, wenn sie Zeugen hätten.

„Ist es das, was du von deinem Job hier hältst, Katie?", rief Carl mit lauter Stimme, damit Misa ihn hören konnte. „Für dich ist das alles nur ein Scherz, oder? Du hast deine Arbeit hier oder deine Kollegen nie ernst genommen. Du bist gefeuert."

Ha, als ob Katie ihre Arbeit jemals hatte ernst nehmen

können, mit so einem Perversling als Chef, der dachte, er könnte dafür, dass er sie hier arbeiten ließ, sexuelle Gefälligkeiten bekommen. Sie brauchte diesen Job nicht so dringend. Sie war eine gute Stylistin, die überall Arbeit finden würde. Eine Zeit lang ohne Arbeit würde sie nicht umhauen. Irgendwie würde sie das schon hinkriegen. Katie biss die Zähne zusammen, band ihre Schürze los und warf sie nach Carl. Er duckte sich, und sie traf stattdessen die Wand hinter ihm.

„Gut. Auch wenn Sie mich nicht gefeuert hätten, hätte ich gekündigt, nur um von Ihnen wegzukommen", entgegnete Katie.

Sie stürmte an Misa vorbei, die mit großen Augen von ihrem Poster aufsah, aber kein Wort sagte. Katie hatte ein schlechtes Gewissen, dass sie Misa und die anderen mit Carl allein ließ, aber sie war auch stolz, dass sie Carl endlich die Meinung gesagt hatte. Sie war ihn los und brauchte sich nicht mehr mit ihm auseinanderzusetzen, auch wenn sie nun keinen Job mehr hatte.

Katie beschloss, noch einen Schritt weiter zu gehen. Als sie also ihre Sachen einsammelte und den Salon verließ, nahm sie sich vor, einen anonymen Brief über seine ekelhaften Annäherungsversuche zu schreiben. Und zwar nicht nur an seine Angestellten, sondern auch an seine Kunden. Wenn jemand mit etwas Verstand einmal Untersuchungen anstellen würde, würde man schnell herausfinden, was für ein Unmensch Carl war, und ihn loswerden. Zumindest das musste Katie noch tun.

Ein paar Minuten später saß sie in ihrem Auto. Sie umklammerte das Lenkrad und wollte nach Hause fahren. Unterwegs würde sie die Wut auf Carl, die noch in ihr tobte, rauslassen. Aber ihr Adrenalinspiegel begann bereits zu sinken. Sie saß da und starrte auf den vorbeifahrenden

Verkehr, und ihr wurde klar, in was für einer misslichen Lage sie sich nun befand. Zwar hätte sie genügend Geld gehabt, um die Arztkosten für James zu bezahlen, die dann doch nicht fällig geworden waren. Aber sie lebte meist von Gehaltsscheck zu Gehaltsscheck, um ihre Ausgaben zu decken und sich um James zu kümmern.

Ohne Job würde sie bald Schulden machen, darum musste sie so schnell wie möglich einen Neuen finden. Das Wichtigste war jedoch, sich um James zu kümmern, egal was passierte. Ihre Hände zitterten beim Gedanken daran, ihren Sohn zu verlieren, weil sie ihre Rechnungen nicht mehr bezahlen könnte. Sie ballte die Fäuste und löste sie wieder. Das würde sie niemals zulassen.

Dann gab es noch Evan.

Aber sie würde nicht zu ihm gehen und um Hilfe betteln. Ihr Stolz ließ das nicht zu. Aber sie hatte den Eindruck, dass er James und sie tatsächlich besser kennenlernen wollte. Wenn das wirklich stimmte, dann würde sie das annehmen. Denn sie brauchte nun mehr denn je seine Unterstützung, um ein Gestaltwandler-Baby großzuziehen. Sie gab sich nicht länger der Illusion hin, dass sie es allein schaffen würde. Schließlich hatte sie es nicht hingekriegt, ihren Job zu behalten.

Und die Verbindung, die sie zwischen sich und Evan spürte, ließ sie dieses Wagnis eingehen.

Bevor sie losfuhr, um zu James zu fahren, schrieb sie Evan eine Nachricht: *Okay, treffen wir uns.*

8

EVAN

Wie die meisten anderen Drachen bei InnoCell lebte Evan am Stadtrand von Blackfall, anstatt direkt im Zentrum. So konnte er mehr Zeit in der Natur verbringen, mit seiner Magie und in seiner Drachengestalt. In der Stadt wäre das nicht möglich. Er hatte eine Suite in den obersten Etagen des InnoCell-Hauptgebäudes, für den Fall, dass er wegen eines Projekts unter Zeitdruck stand und die Zeit nicht mit Pendeln verbringen konnte. Aber zum Glück war das selten der Fall, auch wenn er beschäftigter war denn je.

Evan befand sich in seinem geräumigen Wohnzimmer und schaute aus den Fenstern. Sein Haus war riesig, wenn auch keine Villa. So viel Platz brauchte er für sich allein nun auch wieder nicht. Doch gemessen an dem, was Liam neulich gesagt hatte, könnte er Katie damit einschüchtern. Anstatt sie zu beeindrucken, würde sie wahrscheinlich das Weite suchen. Als er überlegte, ein paar seiner Sachen zu verstecken, damit es nicht nach zu viel aussah, hielt er inne. Katie sollte sehen, wer er wirklich war, und er durfte nichts verbergen. Sie wusste, was er beruflich machte, und zwangsläufig auch von seinem Vermögen. Und trotz allem hatte sie zugestimmt, zu ihm zu kommen.

Er und die Jungs hatten immer darüber gescherzt, dass Geld ihnen Zugang zu so vielen verschiedenen Frauen verschafft hatte. Aber Evan hatte nie darüber nachgedacht, dass das genau die Arten von Frauen einschüchtern könnte, die er anziehen wollte. Nachdem er lange darüber nachgedacht hatte, war er zu dem Schluss gekommen, dass Katie wahrscheinlich deswegen abgehauen war. Zumindest teilweise aus diesem Grund. Er wurde das Gefühl nicht los, dass es da noch mehr gab.

Heute Abend würde er nichts allzu Ausgefallenes machen. Er würde ihnen ein paar Steaks grillen, und während er kochte, würden sie sich besser kennenlernen.

Verglichen mit allem anderen, was Evan in seinem Leben so tat, war das keine große Sache. Aber er war wie gelähmt vor Angst, alles zu vermasseln und Katie zu verlieren. Es war nicht einmal unbedingt so, dass er wieder mit ihr schlafen wollte ... Gut, zugegebenermaßen wollte er das. Er hatte an ihre heißen, gemeinsamen Nächte vor all den Jahren denken müssen und wollte das wieder erleben. Aber er wollte ein Teil ihres Lebens werden, und des Lebens seines Sohnes. Selbst wenn das bedeuten sollte, Freunde zu bleiben – auch wenn er auf mehr hoffte.

Während er auf Katie wartete, bereitete er das Gemüse fürs Abendessen vor. Dann prüfte er, ob er alles hatte, was er brauchte. Als das Gemüse fast fertig war, klingelte es, und sein Herz machte einen Sprung.

Evan eilte zur Tür, riss sie auf und sah Katie dort stehen. Sie hatte die Hände vor ihrem kurzen, goldgelben Sommerkleid gefaltet. Es war so hauchzart, dass sie wie eine Fee aussah. Und doch war sie schöner als jede Fee, die Evan je gesehen hatte. In seinen Augen war Katie die schönste Frau von allen. Ihre Augen waren wie Smaragde im Sonnenlicht und tiefgründig wie der Ozean. Ihre Haare waren zu einem hohen Pferdeschwanz zusammengebunden und sie fielen auf ihre Schultern wie die Sanddünen in der Wüste.

Er starrte sie einen Moment zu lange an, und beinahe wäre ihm die Kinnlade runtergeklappt. „Hey", brachte er endlich heraus. „Schön, dass du da bist. Komm rein."

Sie lächelte und ging an ihm vorbei ins Haus. Evan atmete ihren Lavendelduft ein und dachte an ihre vergangenen Liebesnächte. Gerne hätte er seinen Erinnerungen Neue hinzugefügt, vielleicht auf der Couch oder in seinem Bett, und nicht mehr in irgendeinem Hotelzimmer. Er schloss die Tür hinter ihr und versuchte, wieder einen klaren Kopf zu bekommen. Das war nicht der Grund, warum er sie zu sich eingeladen hatte. Vielleicht würde er diese Fantasien an einem anderen Tag ausleben können, aber jetzt war nicht die Zeit dafür. Er musste sie überzeugen, dass er ein guter Vater sein und sie und James unterstützen könnte.

„Du hast ein schönes Haus", sagte sie und überblickte den Eingangsbereich und das Wohnzimmer. Dann ging sie in die Küche. Sie legte ihre Handtasche auf den Tisch.

„Danke. Mein Vater hat es vor langer Zeit mit eigenen Händen gebaut", erwiderte Evan.

Sie drehte sich mit neugierigem Blick zu ihm. „Vor langer Zeit, wie in den ..."

„Vor 200 Jahren. Seitdem wurde es ein paar Mal renoviert."

„Ich verstehe", antwortete sie, aber an ihrem Stirnrunzeln erkannte Evan, dass es in ihrem Kopf ratterte. „Wenn dein Vater über 200 Jahre alt ist, wie alt bist du dann?"

Evan lächelte. „Ich bin wirklich erst 31. Weil Gestaltwandler in der Regel sehr lange leben, haben wir erst spät und nur wenige Kinder."

„Dann war James sicher eine Überraschung."

„Das war er, aber ..." Evan pausierte und überlegte, wie er das Folgende am besten ausdrücken sollte. „Weil ich ein Gestaltwandler bin, habe ich mir ehrlich gesagt nie groß Gedanken über Kinder gemacht. Ich dachte mir, na ja, ich werde mindestens ein paar Hundert Jahre leben, vielleicht sogar noch länger. Warum sollte ich mich also jetzt schon damit befassen?"

Katies Ausdruck veränderte sich. Sie kniff die Augen zusammen, als wäre sie kurz davor, ihn anzufahren. „Das habe ich mir schon gedacht. Wenn du kein Kind haben wolltest, hättest du mir das einfach sagen können, bevor ich hergekommen bin. Dann hätte ich dich nicht noch einmal belästigt." Sie schnappte sich ihre Handtasche und machte sich auf den Weg zur Tür.

Evans Herz krampfte sich zusammen. Er hatte einen riesigen Fehler gemacht und sie war noch nicht einmal fünf Minuten da! Er eilte ihr hinterher und ergriff ihre Hand, bevor sie nach der Türklinke greifen konnte. Bei ihrer Berührung war es, als würde ein Feuer zwischen ihnen entfacht. Eine Wärme durchströmte Evans Körper, und er hatte das Gefühl, endlich da zu sein, wo er hingehörte.

„Warte", sagte er. „Ich habe mich blöd ausgedrückt. Lass es mich bitte erklären."

Katie ließ es zu, dass er weiter ihre Hand hielt, und drehte sich zu ihm, einen fassungslosen Ausdruck im Gesicht. „Was ist das? Hast du gerade Magie auf mich angewendet?"

Vor Schreck ließ er ihre Hand los. „Nein, das würde ich nie tun. Ich ..." In Evans Körper war immer noch dieses warme Gefühl, allein durch die Nähe zu ihr. Aber nun, wo sie keinen Körperkontakt mehr hatten, begann sie nachzulassen. „Ich weiß nicht, was das war."

Nach ein paar Sekunden wurde ihm klar, dass sie ihm die Chance gegeben hatte, es ihr zu erklären.

„Sieh mal, Katie", sagte Evan und holte tief Luft, „die meiste Zeit meines Lebens war ich sehr unverantwortlich, wenn es um solche persönlichen Dinge ging. Als ich also sagte, dass ich mir keine Gedanken über Kinder gemacht hatte, habe ich nicht gemeint, dass ich überhaupt kein Kind will. Es war nur nichts, was ich jemals zuvor in Betracht gezogen hatte. Aber als ich dich und James gesehen habe ..." Er schüttelte den Kopf, da er das Gefühl hatte, sich immer noch ungeschickt auszudrücken. „Ich weiß auch nicht, ich glaube, ich hatte das Gefühl, etwas Großes und Wichtiges verpasst zu haben. Er ist mein Sohn. Dein Sohn. Irgendwie hat das meine Sichtweise verändert."

Katie dachte darüber nach. „Ich wollte keine voreiligen Schlüsse ziehen", sagte sie. „Aber du weißt ja, wie es in solchen Situationen meistens ist."

„Das weiß ich nicht."

„Viele Männer nutzen junge Frauen aus und denken nicht darüber nach, was für Folgen ihr Handeln haben könnte."

Evan hatte also richtig vermutet, dass Katie sich wahrscheinlich Gedanken wegen seines Status und seines Reichtums gemacht hatte. Er kannte viele Männer aus seinen gesellschaftlichen Kreisen, die genau das taten. Sogar seine Freunde hatten sich früher genommen, was sie wollten – bis sie eines Besseren belehrt worden waren. Sie waren von Frau zu Frau gezogen und hatten sich amüsieren wollen. Dabei war es ihnen egal gewesen, ob sie Herzen brachen oder Gefühle durcheinanderbrachten.

Er deutete in Richtung Küche. „Ich hoffe, du gibst mir die Gelegenheit, dir zu zeigen, dass ich nicht so bin."

Katies Skepsis schien sich in Luft aufzulösen, und mit einem Lächeln auf den Lippen ging sie mit ihm in die Küche, gerade als der Ofen piepte. Sie begutachtete die vorbereiteten Zutaten, die Evan auf dem Tresen zurückgelassen hatte, um sich später darum zu kümmern. „Du kochst für uns?", fragte sie.

„Es ist schon fast fertig", sagte er. „Ich hoffe, du magst Steak."

„Ich liebe es."

Gemeinsam bereiteten sie das Essen fertig zu und plauderten dabei über ihre jeweilige Arbeit. Evan kochte normalerweise nicht, aber er war nicht völlig ahnungslos, was das betraf. Und Steaks waren eines der wenigen Gerichte, die er bis zur Perfektion beherrschte. Während er den Grill und das Fleisch vorbereitete, wischte Katie den Tresen ab und räumte die benutzten Kochutensilien weg.

Katie beobachtete, wie sich der Grill erhitzte. Sie schien das angenehme Brutzelgeräusch des Fleisches darauf genauso zu mögen wie Evan. Sie sah grinsend zu ihm auf. „Du willst die Steaks also nicht mit deinem Drachenfeuer braten? Ich muss zugeben, ich bin enttäuscht."

Er lachte. „Ich wünschte, ich könnte das, aber ich bin nicht die Art von Drache, die Feuer machen kann."

„Ich wusste nicht, dass es Drachen gibt, die das nicht können", sagte sie.

„Wir haben unterschiedliche Fähigkeiten. Ich bin ein Bergdrache, also bin ich viel mehr im Einklang mit der Erde und der Natur."

„Oh, ich verstehe. Das erklärt auch, warum du dich so gegen Umweltverschmutzung engagierst."

„Genau das ist es", erwiderte Evan und wendete die

Steaks. Er dachte darüber nach, wie wichtig ihm seine Arbeit war und dass sich die Dinge zum Schlechten wenden könnten, wenn er die Menschen nicht davon überzeugen würde, ihr Verhalten zu ändern.

Sie schien zu merken, dass er etwas vor ihr verbarg. „Was ist los?"

Evan wollte ihr nichts Düsteres erzählen. Der Zustand der Welt war wichtig für ihn, daran konnte ein einzelner Mensch nichts ändern. Er wollte ihr keine Angst machen oder sie mit dieser Wahrheit verärgern, denn das könnte seinen Wunsch, ein Teil ihres und James' Lebens zu werden, nur verkomplizieren. Aber er wusste, tief in seinem Herzen, dass er ehrlich zu ihr sein musste. Dank Katies Nähe durchströmte ihn eine angenehme Wärme, und er sah sie an. Es war wichtig, dass sie die Wahrheit erfuhr.

„Die Erde liegt im Sterben", sagte er. „Langsam, aber unaufhaltsam, und es gibt nicht genug Menschen wie mich, die sie heilen können."

Katie spielte nervös mit ihren Händen. „Glaubst du, es ist möglich, sie zu retten?"

„Es ist immer möglich, deshalb ist meine Arbeit so wichtig. Deshalb widme ich ihr so viel Zeit." Evan schluckte, und seine Gedanken kreisten sofort um die Frage, in was für einer Welt sein Sohn aufwachsen würde, wenn er sein Vorhaben nicht so umsetzen könnte, wie er es wollte. „Und als mir klar wurde, dass ich einen Sohn habe, ist diese Arbeit noch mehr in den Vordergrund gerückt. Es geht nicht mehr nur darum, die Erde zu retten, sondern auch darum, sie für James zu bewahren, damit er eines Tages die Schönheit der Welt erleben kann."

In der darauffolgenden Stille nahm Evan die Steaks und das Gemüse vom Grill und richtete ihre Teller an. „Komm, darüber wollen wir uns jetzt nicht den Kopf zerbrechen", sagte er, und sie gingen zum Tisch. „Wenn du allerdings einmal ein Drachenfeuer-Steak möchtest, würde sich einer meiner Freunde sehr freuen, es für dich zu zuzubereiten."

Katie setzte sich ihm gegenüber, aber sie schien in Gedanken versunken zu sein. Evan wollte nicht, dass sie sich zu sehr um die Erde sorgte. Es war nicht ihre Aufgabe, sie zu retten, sondern seine. „Wirklich? Du kennst noch weitere Drachen-Gestaltwandler?", fragte sie.

„Natürlich, sonst wäre es ja einsam. Wir stärken uns gegenseitig", antwortete Evan. „Ich bin sicher, dass all diese Dinge über Magie und Drachen ganz schön viel für dich sind, aber es wird ein großer Teil von James' Leben sein, ob du es willst oder nicht. Es wäre auch für dich gut, mehr darüber zu erfahren, und ich kann dir gerne alles zeigen, was es in meiner Welt gibt."

Sie stürzten sich aufs Essen, und während sie aßen, musste Evan Katie immer wieder ansehen. Sie war so umwerfend, und seit er ihre Hand berührt hatte, fühlte es sich an, als stünde sein ganzer Körper in Flammen. Er hatte noch nie in seinem Leben so sehr das Bedürfnis gehabt, jemanden zu berühren. Er hatte sich geschworen, heute Abend keine Annäherungsversuche zu machen, aber er war so sehr auf ihren Körper eingestimmt, dass er das Gefühl hatte, als würde sie ihn immer noch berühren, auch wenn sie ein paar Meter voneinander entfernt saßen.

Wie sehr er sich danach sehnte, sie an sich zu ziehen, seine Hände an ihren Hüften entlangzustreichen, ihr Stöhnen zu hören und ihren heißen Atem zu spüren! In ihm erwachte sein Drache und drängte ihn, zu tun, was er wollte. Aber Evan riss sich zusammen. Das könnte er bei anderer Gelegenheit tun. Also schob er diese Gedanken, so gut es ging, beiseite.

„Es ist einfach schockierend zu erfahren, dass ich eigentlich nichts über die Welt weiß", sagte Katie. „Was gibt es da draußen noch, wovon ich nie etwas gehört habe? Als Nächstes erzählst du mir, dass die Arbeit von InnoCell nur aus Magie besteht und dass es Vampire gibt, die nachts durch die Straßen ziehen."

Evan räusperte sich. „Das tun sie, aber nur in den miesen Gegenden der Stadt. Du solltest trotzdem vorsichtig sein. Normalerweise lassen sie Menschen, die sich nicht bereits mit Magie auskennen, in Ruhe. Und was InnoCell angeht, nun ... Es ist zur Hälfte Magie."

Sie sah ihn völlig entgeistert an. „Das ist genau das, was ich meine. Wie soll ich denn mein Leben leben, wenn ich all diese Dinge nicht weiß?"

„Du hast dein Leben doch bis jetzt gelebt, nicht wahr? Du kannst einfach so weitermachen wie bislang." Evan zuckte mit den Schultern. „Natürlich hoffe ich, dass du das nicht tust. Ich würde dich und James wirklich gern besser kennenlernen. Aber ich werde dich nicht zu irgendetwas zwingen. Ich hoffe nur, ihr wisst, dass ich für euch beide da sein werde, egal, wofür du dich entscheidest."

Sie beendeten ihr Essen, und Katie schien tief in Gedanken versunken zu sein. „Hast du es ernst gemeint, als du sagtest, dass du ein Teil von James' Leben sein willst?", fragte sie.

Evan lächelte. Er war also zu ihr durchgedrungen. Gut so. „Auf jeden Fall. Ich mag zwar kein Kind eingeplant haben, aber jetzt, wo ich weiß, dass ich eins habe, weiß ich, dass ich es bereuen würde, nicht mitzuerleben, wie es aufwächst."

„Ich hatte immer gedacht, dass ... Ich weiß nicht, dass jemand wie du kein Kind haben will. Dass ein Kind eine Belastung für dein Leben wäre. Ich bin überrascht, aber froh, dass du nicht so bist", sagte Katie. „Wenn ich das gewusst hätte, als ich herausfand, dass ich schwanger bin, dann hätte ich sicher nicht so viel Angst gehabt, dir die Wahrheit zu sagen. Es tut mir leid, dass ich so lange gebraucht habe, um mit dir zu reden."

„Ich wünschte, du hättest es mir früher gesagt. Aber ich werde es dir nicht vorhalten. Ich bin nur überglücklich, dass du mir jetzt eine Chance gibst."

Katie trank ihr Glas Wasser aus und stand dann auf. „Es ist schon spät. Ich sollte nach Hause gehen. Meine Mutter passt auf James auf."

„Natürlich. Ich möchte dich nicht zu lange aufhalten", sagte Evan.

Sie trugen ihre Teller in die Küche. Evans Puls raste, und er versuchte, das Drängen seines Drachen zu ignorieren. Er wollte unbedingt wieder ihre Haut an seiner spüren und ihr zumindest einen zarten Gute-Nacht-Kuss geben. Aber wenn er das täte, würde er sich wahrscheinlich nicht mehr beherrschen können. Allein ihre Nähe, während sie in die Küche gingen, ließ ihn vor Verlangen nach ihr fast platzen. Noch nie zuvor hatte ihn eine Frau so verrückt gemacht. Selbst früher, als sie miteinander geschlafen hatten, hatte er nicht so empfunden. Was war plötzlich zwischen ihnen entstanden?

Sie wollten gerade ihre Teller auf den Tresen stellen, da berührten sich ihre Arme. Elektrische Funken knisterten durch ihn hindurch. In dem schwachen Licht begegneten sich ihre Blicke. Verwundert sah sie ihn an und schien darauf zu warten, was er als Nächstes tun würde. Er beugte sich vor, nur ein bisschen, und gab seinem Verlangen nach, sie zu küssen. Aber dann hielt er kurz vor ihren Lippen inne. Er wollte diesen Augenblick nicht ruinieren, sie nicht denken lassen, dass sie ihm etwas schulden würde.

Zu seiner Überraschung ergriff Katie die Initiative. Sie

schlang ihre Arme um seinen Hals und zog ihn an sich. Ihre Lippen waren so weich und köstlich, und die Wärme in ihm wurde zu Hitze. Mit diesem Kuss löste sie etwas in ihm aus; etwas, das er nicht mehr zurückhalten konnte. Ein leises Knurren drang aus seiner Kehle, und er legte seine Hände auf ihre Hüften, drückte sie gegen den Tresen und presste dann seinen Körper gegen ihren. Er küsste sie leidenschaftlicher, sog den Geschmack ihrer Lippen, ihrer Zunge in sich auf. Sie stöhnte leise gegen seine Lippen.

Ihre Kurven schmiegten sich perfekt an ihn, und ihre Hände wanderten über seine Arme und strichen über seine prallen Muskeln, während sie sich küssten. Er wollte sie mit Haut und Haar, und zwar so sehr, dass er sie gleich hier auf dem Küchentisch genommen hätte, wenn er keine andere Möglichkeit gehabt hätte.

„Evan ...", flüsterte Katie und riss ihn aus seinen Gedanken. Er fürchtete, etwas falsch gemacht zu haben.

Er strich ihre zerwühlten Haare zurück und betrachtete schwer atmend ihr Gesicht. „Es tut mir leid, ich wollte nicht ..." Er versuchte, sich von ihr loszureißen, sich von ihr zu trennen, obwohl sein Körper schrie, es nicht zu tun. Aber sie hielt ihn fest.

„Nein, das ist es nicht." Sie küsste ihn wieder, ein sanftes Streichen ihrer Lippen über seine.

Verwirrt und zaghaft erwiderte er ihren Kuss, wusste aber nicht so recht, was sie wollte. Er wusste allerdings, was *er* wollte. Er sehnte sich danach, ihre Haut an seiner zu spüren, ihre weichen Brüste in seinen Händen zu fühlen, mit dem Feuer, das in ihm brannte, Liebe mit ihr zu machen. Aber er wollte nicht zu weit gehen und diesen schönen Abend ruinieren.

Katie schien sein Zögern zu bemerken. Sie nahm seine Hände in ihre und legte eine auf ihren Rücken und die andere an den Saum ihres Kleides. Sie führte seine Hand an ihrem Oberschenkel hinauf, höher und höher, und sandte dabei ein köstliches Kribbeln durch seinen ganzen Körper, als wäre er derjenige, der berührt wurde. Es war wunderschön, dass sie ihm genau zeigte, was sie wollte.

Er küsste sie leidenschaftlicher, als sie schließlich seine Hand zwischen ihre Beine führte und ihr Stöhnen unterdrückte. Er rieb sie über ihrem Höschen, und sie griff nach der Wölbung zwischen seinen Beinen und streichelte ihn über seiner Hose. Er knurrte als Antwort und sehnte sich nach mehr von ihr. Er wollte sie berühren und dass sie ihn berührte. Er umfasste ihre Schenkel und zog sie an sich heran. Sie schlang wieder die Arme um seinen Hals, und ihre Lippen trennten sich nicht, als er sie die Treppe hinauf zum Schlafzimmer trug.

Sie drückte sich den ganzen Weg nach oben an ihn und machte ihn mit jedem Schritt verrückter. Wie sehr er Katie doch wollte! Nein, er brauchte sie. Er hatte noch nie in seinem Leben jemanden so dringend gebraucht. Er hatte diesen Abend mit der Absicht begonnen, mit ihr zu reden und sie besser kennenzulernen, aber jetzt konnte er ihn nicht enden lassen, ohne ihren gesamten Körper zu spüren. So wie sie sich verhielt, war das genau das, was auch sie brauchte. Evan wollte ihrem Wunsch liebend gerne nachkommen.

Als sie das Schlafzimmer erreichten, setzte er Katie ab, und sie begannen hastig, einander auszuziehen. Ihr Kleid – weg, einfach so, gefolgt von seinem Hemd und seiner Hose. Katie ließ sich Zeit mit ihm, fuhr mit ihren Fingern an jedem seiner kräftigen Muskeln entlang. Er hatte früher nie bemerkt, wie sehr es ihr gefiel, wie muskulös und breit er war. Er genoss ihre Berührungen, auch wenn das Warten ihn noch rasender vor Verlangen machte.

Während sie seine Bauchmuskeln abtastete, schob er sie sanft in Richtung des Bettes. Für einen Augenblick trennten sich ihre Lippen, und Evan beugte sich vor, begierig darauf, wieder mit ihr verbunden zu sein. Hier und jetzt gab es nichts, was er sich mehr wünschte. Er wollte einfach nur auf jede erdenkliche Weise mit ihr zusammen sein. Langsam legte er sich auf sie und drückte seinen Schwanz zwischen ihre Beine, aber nicht in sie hinein. Sie stöhnte bei seiner Bewegung, und da er sie mit beiden Händen festhielt, war sie es, die nach unten griff, um seinen prallen Schwanz zu umfassen.

Er stieß seine Hüften nach vorne und konnte es kaum erwarten, in sie einzudringen. Sie lachte leise und beugte ihren Kopf zurück. Evan saugte sanft an der Stelle direkt unter ihrer Wange, von der er von früher wusste, dass es ihr gefiel. Sie belohnte ihn mit einem Schaudern und streichelte seinen Schwanz ein wenig schneller. Dann führte sie ihn zu ihrem Eingang. Er stöhnte auf, als sie ihn schließlich in sich hineinschob, und Wellen der Lust durchfuhren seinen Körper. Für einen Augenblick schien es, als hätte er vergessen, wie man atmet, als könnte er nur noch sie spüren.

Sie schlang ihre Arme um ihn, und er stieß tiefer in sie hinein und füllte sie aus. Ihre Augen rollten nach, und er drückte sein Gesicht an ihre Schulter, voller Zuneigung und Hingabe. „Oh, Katie", flüsterte er.

Sie antwortete ihrerseits mit einem verzweifelten Stöhnen, und dann warf sie den Kopf zurück. „Evan, worauf wartest du?", keuchte sie.

Evan bewegte seine Hüften vor und zurück und verstärkte die intensive Wärme zwischen ihnen noch mehr. Er war überwältigt von dem Gefühl, das sie im schenkte, wie sie sich heiß und eng um seinen Schwanz schloss. Ihre

Finger gruben sich in seine Arme und dann in seinen Rücken. Dann drückte sie ihn fester an sich. Er pumpte in sie, verlor sich in dem animalischen Gefühl seines Verlangens nach ihr, ihrem Duft. Ihre Lust wurde zu seiner Lust, und bei jedem Stöhnen, das sie von sich gab, wollte er sie nur weiter in die Ekstase treiben. Ihr Keuchen und Schreien spornten ihn an, ihre Umklammerung, ihre gemeinsame, sich steigernde Leidenschaft. Sie brauchten einander, und wenn sie so zusammen waren, war das so kristallklar und es bestand kein Zweifel mehr, dass sie zueinander gehörten.

Er vergrub sein Gesicht an ihrem Hals. Nach dieser Nacht würde er wahrscheinlich nie wieder mit jemand anderem schlafen.

Katies Wände umschlossen ihn, fester als zuvor, und ihre Nägel gruben sich tiefer in seinen Rücken. „Oh, Gott, ich komme gleich!", schrie sie.

Er biss ihr in den Hals und zeigte ihr damit, wie sehr er sie begehrte. Sie schrie auf, aber es war schwer zu sagen, ob es daran lag, dass er sie gebissen hatte, oder daran, dass er sich schneller bewegte und ihr gemeinsamer Rhythmus stetig zunahm. Ihre Brüste fühlten sich weich an seiner Brust an, kühl im Vergleich zum Rest ihrer beiden Körper, die vor Verlangen nach dem anderen brannten. Dagegen musste er etwas tun.

Evan stützte sich, auch wenn Katie heftig protestierte, etwas nach oben, sodass er ihre Brüste in seine Hände nehmen konnte. Er stieß immer noch in sie hinein, behielt sein Tempo bei und war nicht bereit, auch nur für einen Moment langsamer zu werden. Sie bebte, als er mit seinen Fingern über ihre Brustwarzen strich und seine Hände um ihre Brüste schloss. Sie gab sich seinen Berührungen hin und bebte jedes Mal, wenn er sie sanft drückte.

„Gefällt dir das?", flüsterte er, als er sich wieder näher zu ihr gebeugt hatte, um sie erneut zu küssen.

Sie stöhnte als Antwort, und Evan interpretierte das als ein Ja. Sie küsste ihn heftig zurück, ihre Zungen umschlangen sich, und er konnte kaum atmen. Katies ungehinderte Lust berührte etwas tief in Evan. Jeder ihrer Schreie trieb ihn näher an den Rand der Ekstase. Je länger er sich zurückhielt, desto weniger Kontrolle hatte er über seinen Körper. Und schließlich traf er genau den richtigen Punkt, als er in ihre Brustwarzen kniff, und Katie schrie auf vor Lust.

Sie harkte mit ihren Nägeln über seinen Rücken und erschauderte. Ihre Muschi drückte sich um seinen Schwanz zusammen, und völlig losgelöst gab sie sich ihrem Orgasmus hin. Evan stieß ganz in sie hinein, und dieses heiße, brennende Gefühl in ihm überflutete ihn auf einmal. Die Geräusche, die sie machte, das Gefühl, das sie in ihm auslöste, war viel zu viel für ihn, und auch er explodierte. Katies zitternde Arme fielen seitlich neben sie, und ihre Lippen öffneten sich, als sie ihren Rücken durchdrückte und sich in einem Augenblick explosiver Lust verlor. Sie teilten einen Moment purer Ekstase, und dann schlang Evan wieder seine Arme um sie und hielt sie so fest wie möglich. Er wollte sie nie wieder loslassen.

Eine Zeit lang lagen sie keuchend da und atmeten den Geruch des anderen ein. Evans Gedanken kehrten langsam wieder ins Hier und Jetzt zurück, aber in erster Linie dachte er an Katie. Sie küsste ihn auf die Wange und murmelte etwas Unverständliches, bevor sie sich in seinen Armen entspannte. Das Letzte, woran sich Evan vor dem Einschlafen erinnerte, war, wie sehr er sich wünschte, Katie für den Rest ihres Lebens glücklich machen zu können.

9

KATIE

Evans starke Arme lagen fest um Katie, als sie endlich aufwachte. Sie hatte sich noch nie so sicher und geborgen gefühlt, seit sie zum letzten Mal die Nacht zusammen verbracht hatten. Sie seufzte zufrieden und war froh, einfach eine Weile in seinen Armen liegen zu können. Das Sonnenlicht lugte durch die Vorhänge, aber Katie wollte nirgendwo hingehen. Sie wollte hierbleiben, hier bei Evan.

Wenn sie so beieinanderlagen, fragte sie sich, warum sie sich überhaupt dazu entschieden hatte, sich von Evan fernzuhalten. Auch wenn sie gedacht hatte, dass etwas mit ihm nicht stimmte, hatte sie sich bei ihm immer sicher und umsorgt gefühlt. Jetzt wusste sie, dass er sich auch um James kümmern wollte. Ihr Sohn war das Wichtigste in ihrem Leben, und sie war überglücklich zu wissen, dass Evan nun ein Teil davon sein wollte. Katie war sich nicht sicher, ob sie glücklicher sein könnte – außer, wenn sie und Evan tatsächlich eine Beziehung führen würden. Würde er das wollen? War es nicht verfrüht, an so etwas zu denken, wo sie doch bis jetzt nur miteinander geschlafen hatten?

Vielleicht auch nicht. Sie mochte Evan wirklich, und sie hatte das Gefühl, dass er sie ebenfalls aufrichtig mochte.

Evan erwachte aus dem Schlaf und küsste Katie auf die Schläfe. Sie drehte sich in seinen Armen um und drückte ihre Stirn an seine.

„Mmm", machte er. „Guten Morgen, meine Schöne."

Sie rückte näher an ihn heran, sodass ihre Lippen nur wenige Millimeter davon entfernt waren, seine zu berühren. „Guten Morgen, mein Schöner."

Er zog sie an sich, und sie keuchte gegen seinen Mund. Die Art, wie er sie küsste, entfachte etwas Wildes und Animalisches in ihr, und sie fühlte, wie ihre Lust auf ihn wieder wuchs. Sie wollte, dass er sie besaß, dass er ihr alle Freuden des Fleisches zeigte ... Sein harter Schwanz drückte gegen ihren Schenkel, und er bewegte seine Hüften, um sich an ihr zu reiben. Er stöhnte in ihren Mund, und genau in dem Moment, als seine Eichel ihre Klitoris berührte, surrte ihr Handy. Ein Einruf.

Zuerst wollte Katie es ignorieren, ihre Beine weiter spreizen, verlangen, dass Evan in sie eindrang und sie zurück an diesen Ort brachte, an dem es nur ihre Lust gab. Aber das Handy klingelte weiter, und Katie wurde klar, dass sie den Klingelton erkannte. Es war nicht irgendein Anruf ... Es war ihre Mutter.

„Mist", sagte sie laut. Teils, weil Evan eine ihrer Brüste in die Hand genommen hatte und anfing, als sie sich zurückzog, ihre Brustwarze zu reiben. Und teils, weil Katie, als ihr klar wurde, dass ihre Mutter anrief, einfiel, dass sie gestern *Abend* hatte zurückkommen wollen, und mittlerweile war es Morgen. „Mist", wiederholte sie. Sie sah seinen besorgten Blick, als sie sich von Evan wegrollte, aber sie musste diesen Anruf annehmen.

Sie fand ihr Handy auf dem Boden neben dem Bett und nahm den Anruf hastig entgegen.

„Wo bist du?", rief ihre Mutter. „Ich bin nicht dein Babysitter! Du kannst mich nicht einfach mit deinem Sohn alleinlassen und nicht nach Hause kommen."

„Es tut mir leid, ich …"

„Ich will deine Ausreden nicht hören. Fahr nach Hause, und wir werden sehen, wie leid es dir wirklich tut."

Katies Mutter legte auf, und Katie blieb auf der Bettkante sitzen und biss sich auf die Lippe. Sie konnte nicht glauben, dass sie ihren Sohn die ganze Nacht über bei ihrer Mutter gelassen hatte. Was für eine Mutter war sie, dass sie ihren Sohn einfach vergaß, um mit einem völlig Fremden Sex zu haben, anstatt nach Hause zu kommen und dafür zu sorgen, dass James gut versorgt war? Ihre Mutter hatte recht, dass sie völlig unfähig war.

Wut und Enttäuschung machten sich in ihr breit. Auf sich selbst, nicht auf ihre Mutter. Sie war diejenige, die James im Stich gelassen hatte.

„Was ist los?", fragte Evan.

Katie sah ihn nicht an, als sie ihre Sachen zusammensuchte. Sie fand ihre Unterwäsche, die sie hastig überstreifte, und dann ihr Kleid.

„Katie?"

Als sie zur Tür ging, warf sie einen Blick zurück auf ihn. Er stand nun ebenfalls auf, aber Katie war bereits auf dem Weg nach draußen.

„Tut mir leid", sagte sie, „aber ich muss wirklich gehen."

Sie hatte ein schlechtes Gewissen, weil so schnell abhaute. Sie *wollte* nicht distanziert und unhöflich sein, aber sie konnte James nicht länger bei ihrer Mutter lassen. Sie hatte keine Zeit mehr, Evan etwas zu erklären. Sie würde es ein andermal wiedergutmachen müssen. Auch wenn ihr ganzer Körper umkehren und Evan nie wieder verlassen wollte, hatte James für sie Priorität.

„Rufst du mich wenigstens an? Lass mich wissen, ob alles in Ordnung ist, wenn du kannst", bat er. Er stand am oberen Ende der Treppe, während Katie zur Haustür stolperte.

Sie nickte ihm zu und wollte das auch tun, sobald sie wusste, dass es James gut ging. Sie hoffte, dass Evan es ihr verzeihen würde, dass sie einfach so abgehauen war. Schon wieder.

„DU BIST als Tochter so eine Enttäuschung", sagte Katies Mutter, Mara. „Ich habe dich nicht erzogen, so unverantwortlich zu sein. Dein Vater und ich sind dir immer ein perfektes Vorbild gewesen, aber du hast dich nie bemüht, unseren Erwartungen gerecht zu werden."

Mara war eine kleine Frau, aber sie hatte ganz schön Power. Sie sah Katie sehr ähnlich, und wann immer Katie ihre Mutter ansah, wusste sie, wie sie in dreißig Jahren aussehen würde. Katie hoffte nur, dass sie nicht mit einer ebensolchen Persönlichkeit enden würde.

„Ich hatte nicht vor, so lange wegzubleiben", erwiderte sie, „Als ich sagte, dass ich um zehn zurück sein würde, war das meine Absicht gewesen."

Sie saßen im Wohnzimmer. Mara hatte die Couch für sich beansprucht und James, der neben ihr schlief, quasi als Geisel, bis sie ihren Vortrag beendet haben würde. Also saß

Katie ihr gegenüber auf einem ihrer klapprigen, unbequemen Küchenstühle.

Mara verschränkte die Arme und warf ihrer Tochter einen ihrer extrem enttäuschten Blicke zu. „Es spielt keine Rolle, was deine Absichten waren. Tatsache ist, dass du einfach abgehauen bist, um Party zu machen oder dich zu betrinken oder was auch immer ihr jungen Leute heutzutage so macht. Du hast gerade deinen Job verloren! Wie bist du nur darauf gekommen, anschließend feiern zu gehen?"

Wie üblich behandelte Mara Katie immer noch wie einen Teenager und nicht wie eine 27-jährige, erwachsene Frau. „Ich habe noch nie in meinem Leben Party gemacht, Mom."

„Wie konntest du dann mit einem Kind schwanger werden und nicht wissen, wer der Vater ist?"

Katie wurde langsam wütend und stand auf. „Nur, weil du nicht weißt, wer mein richtiger Vater ist, heißt das nicht, dass das bei mir auch der Fall ist! Du projizierst deine Fehler auf mich und kreierst falsche Tatsachen, die für dich bequemer sind als die Wahrheit."

Sie hatte ihre Stimme zu sehr erhoben, und James wachte auf. Er sah, dass sie zu Hause war, und versuchte, nach ihr zu greifen. Katie wollte nicht, dass er unruhig wurde, also wollte sie ihn aufheben. Aber Mara hielt sie auf, bevor sie ihn berühren konnte.

„Red nicht so mit mir. Du kannst dich nicht darüber aufregen, dass ich enttäuscht bin, dass du die gleichen Fehler gemacht hast wie ich", entgegnete Mara. James stieß einen leisen Schrei aus, und sie und Katie sahen wieder auf ihn hinunter. Mara bewegte ihren Arm weg, damit Katie ihn aufheben konnte.

Katie hatte das Gefühl, dass die Welt wieder in Ordnung war, als sie ihren Sohn in den Armen hielt. Er umarmte sie, und sie drückte ihn fester, während sie ihn in ihren Armen wiegte. Er schlief wieder ein, da er jetzt, wo seine Mutter bei ihm war, wieder ruhiger wurde.

Mara starrte sie an. „Wenn du nicht feiern gegangen bist, wo warst du dann?"

Wenn Katie eine Wahl gehabt hätte, hätte sie Mara noch nicht von Evan erzählt, denn sie wusste noch nicht, wie es mit ihm weitergehen sollte. Sie wollte versuchen, Evan wieder Teil ihres Lebens werden zu lassen, aber sie war letzte Nacht nicht mit der Absicht zu ihm gegangen, so bald wieder mit ihm zu schlafen. Außerdem hatte sie, nachdem sie sein Haus verlassen hatte, das Gefühl, als hätte man ihr ein Stück von sich selbst weggerissen. Allein beim Gedanken an ihn wurde ihr warm, aber ihr Herz schmerzte, weil sie ihn verlassen hatte. Sie würde ihm das bald erklären müssen, denn sie wollte, dass er ein Teil von James' Leben wurde.

Aber wenn sie es Mara nicht erzählte, würde diese einfach weiter annehmen, dass Katie mit jedem schlief, obwohl das überhaupt nicht der Fall war. Es war wahrscheinlich besser für sie, die Wahrheit zu erfahren, als dass sie noch mehr Unsinn erzählte.

„Ich habe mich wieder mit James' Vater in Verbindung gesetzt", sagte Katie nach einer kurzen Pause. „Ich habe beschlossen, dass es für James' Wohl gut wäre, ihn in der Nähe zu haben."

Ganz zu schweigen von der Tatsache, dass Katie dem Mann nicht widerstehen konnte. Selbst jetzt wollte sie sofort zu seinem Haus zurücklaufen und wieder mit ihm ins Bett schlüpfen. Sie brauchte mehr von ihm. Er war alles, was sie wollte – und noch so viel mehr. Aber das brauchte ihre Mutter nicht zu wissen.

Mara kniff die Augen zusammen und lehnte sich

zurück. „Du willst *ihn* wieder in dein Leben lassen, nachdem er dich drei Jahre lang alleingelassen hat, sodass du deinen Sohn mühsam allein erziehen musstest?"

„Es war meine Entscheidung, ihn vorher nicht einzubeziehen. Jetzt habe ich meine Meinung geändert."

„Wenn er nicht wäre, wärst du jetzt an der Uni oder hättest einen besseren Job. Er ist der Grund dafür, dass dein Leben so schwer ist. Warum solltest du überhaupt etwas mit ihm zu tun haben wollen?"

Nein, es war überhaupt nicht Evans Schuld gewesen. Katie hatte es auf sich genommen, sich allein um James zu kümmern, weil sie Angst gehabt hatte. Eine berechtigte Angst, klar, aber diese Angst rührte von Katies Ansicht über Männer und lag nicht daran, dass Evan jemals etwas explizit Falsches getan hatte. Sie hatte damals den Fehler gemacht, ihm nicht zu vertrauen. Aber gegen Mara anzukämpfen war anstrengend. Meist hatte sie das Gefühl, als würde sie kein Wort von dem hören, was Katie zu sagen hatte.

„Er ist der Vater meines Sohnes", sagte Katie. „Ich brauche keinen anderen Grund als das."

Mara stand auf und hob einen Finger, um ihn vor Katies Gesicht hin und her zu wedeln. „Merk dir meine Worte", sagte sie. „Wenn du ihn wieder in dein Leben lässt, wird es nicht einfacher, sondern schwieriger. Du denkst, du hast es im Moment schwer, ohne Job, und da du dich allein um James kümmern musst? Warte nur, bis du gezwungen bist, für beide zu sorgen, für deinen Sohn und seinen Versager-Vater. Komm ja nicht heulend zu mir, denn du wirst von mir nur zu hören bekommen, dass ich es dir gesagt habe."

Sie stürmte aus dem Haus, bevor Katie überhaupt verarbeiten konnte, was ihre da Mutter gesagt hatte. Aber es brachte sie zum Schwanken. Ihre Mutter gab Katie die Schuld für ihr schwieriges Leben, da sie Katie bis zu ihrem fünften Lebensjahr größtenteils allein aufgezogen hatte. Der Mann, den Katie ihren Vater nannte, war nicht ihr biologischer Vater, aber er hatte sie trotzdem immer wie eine richtige Tochter behandelt. Aber die Erfahrungen ihrer Mutter hatten nichts mit denen von Katie zu tun. Sie hatte immer gewusst, wer James' Vater war, und sie war diejenige gewesen, die ihn von sich gestoßen und die ihm gar nicht erzählt hatte, dass sie schwanger war.

Und doch hatte Mara eine Art, dass sich ihre Worte bei Katie festsetzten. Sie traf sie immer dort, wo es am meisten wehtat, und ließ Katie zweifelnd zurück. Was, wenn Evan wirklich nur ein letztes Mal mit ihr hatte schlafen wollen, bevor er für immer verschwand und sie allein mit James zurückließ? Was, wenn er, weil sie wieder ohne Erklärung abgehauen war, beschloss, dass sie und James seine Zeit nicht wert waren?

Natürlich wusste sie nicht, ob eine dieser Möglichkeiten auch nur im Entferntesten zutreffen könnten. Aber die Sorgen nagten trotzdem an ihr und ließen sie verwirrt zurück. Was sollte sie nur tun? Sie musste ihrem Sohn gegenüber das Richtige tun, egal, was passierte. Und vielleicht hatte sie sich zu sehr von ihren eigenen Gründen, Evan besser kennenzulernen, mitreißen lasse, und sich nicht genügend Gedanken darüber gemacht, was das Beste für ihren Sohn wäre. Vielleicht wäre das Beste, dass sie und James weiterhin allein lebten.

Sie setzte sich mit ihrem Sohn auf die Couch, stieß einen langen Seufzer aus. Dann überlegte sie, was sie als Nächstes tun sollte. Auch wenn sie weiterhin mit Evan in Kontakt blieb, brauchte sie einen neuen Job. Aber jetzt wollte sie einfach nur daliegen und sich an Evans Berüh-

rungen erinnern. Er war jetzt irgendwie ein Teil von ihr, ob
sie es wollte oder nicht.

Plötzlich surrte ihr Handy. Ihr Herz schlug etwas schneller, da sie hoffte, es wäre Evan. Aber er war es nicht. Es war
Carl, ihr ehemaliger Chef.

Möchtest du deinen Job zurückbekommen?, fragte er. *Mein
Angebot steht noch.*

Angewidert antwortete Katie nicht, sondern blockierte
seine Nummer. Sie wollte nie wieder etwas von ihm hören.

10

EVAN

Katie hatte zu Evan gesagt, dass sie sich bei ihm melden würde, sobald sie Gelegenheit dazu hätte. Aber nun waren drei ganze Tage vergangen, und er hatte immer noch nichts von ihr gehört. Evan stand im Prototypen-Montagelabor der Produktionsabteilung in der InnoCell-Zentrale. Eigentlich sollte er den Prototyp des neuen Heilgeräts fertigstellen, das zum größten Teil aus dem neuen Exo-Material hergestellt wurde, welches Evan vor nicht allzu langer Zeit entdeckt hatte. Aber seine Gedanken waren ganz woanders. Er musste immerzu an Katie denken, und damit auch an James.

Warum war sie einfach so verschwunden? Er hatte ihr noch ein paar Mal geschrieben, aber sie hatte überhaupt nicht geantwortet. Mit jeder Stunde, die verging, machte er sich mehr Sorgen. War etwas passiert? Ging es James gut? Oder war alles in Ordnung und sie antwortete ihm nur nicht, weil sie ihre Nacht nicht so schön gefunden hatte wie er?

Evan durchlebte die Stunden mit ihr bei jedem Mal,

wenn er in seinem Bett lag. Seine Laken rochen noch nach
ihr, aber langsam verschwand der Duft. Sie musste wiederkommen, damit ihr Geruch niemals verschwinden würde.

Oder war es ein großer Fehler gewesen, überhaupt mit
ihr zu schlafen? Er hatte nicht die Absicht gehabt, sie zu
verführen; nicht, bevor sie sich ein wenig besser kennengelernt hatten oder er sicher war, dass sie sich bei ihm wohl-
fühlte, auch wenn sie wusste, dass er ein Drachen-
Gestaltwandler war. Aber die Chemie zwischen ihm und ihr
war einfach zu überwältigend gewesen. Er hatte ihr nicht
widerstehen können. Und er hatte ihr Verlangen überall
gerochen.

Er wollte nicht glauben, dass der Sex das Problem war.
Er hatte dafür gesorgt, dass sie es genossen hatte. Es musste
an etwas anderem liegen. Aber an was? Er dachte, er hätte
sich klar ausgedrückt, dass er für sie und James da sein
wollte. Er konnte sich nicht vorstellen, was er falsch
gemacht haben könnte.

Evan versuchte, seine Bedenken beiseitezuschieben und
sich auf seine Arbeit zu konzentrieren, zumindest für eine
Weile. Dieser Prototyp war schon längst überfällig. Dank
des neuen Exo-Materials sah das Heilgerät aus wie eine
schwarze, schwebende Scheibe mit einer transparenten
Platte, auf der die eigentliche Heilung stattfand. Dieses
Gerät sollte das Gegenstück zum Lifesaver werden. Dieser
erkannte eventuelle Probleme, das Heilgerät beseitigte sie.

Die Mechanik und die magischen Prozesse des Heilgeräts hatte sein Freund Troy Frest entworfen. Aber dieser
kümmerte sich nie um die Ästhetik, wenn er neue Geräte
herstellte. Also war es Evans Aufgabe, die Geräte so modern
wie möglich aussehen zu lassen, dabei aber deren Funktio-
nalität beizubehalten und natürlich nachhaltige und

umweltfreundliche Materialien zu verwenden. Dieser Prototyp war dem finalen Modell sehr nahe. Sie würden die Heilungsfunktionen noch ausgiebig testen müssen, um sicherzugehen, dass auch alles sicher war, bevor es in die endgültige Produktion gehen würde. Aber es war so gut wie fertig.

Er machte sich eine Notiz, dass der Heiler zwei Platten haben sollte, nicht nur eine. Er fand, dass es für die Verwendung des Geräts einfacher wäre, die spezifische Stelle, die geheilt werden sollte, zwischen diesen zu halten. Auf diese Weise könnte das Gerät die Magie zwischen den beiden Platten hin- und herschieben, um einen genauen Wert zu erhalten. Außerdem würden die Menschen ein neuartiges, schwebendes Gerät wie dieses hier eher akzeptieren, wenn sie vermuteten, es gäbe einen Antriebseffekt zwischen den beiden Platten.

Evans Gedanken kehrten jedoch bald wieder zu Katie zurück. Jetzt, wo er darüber nachdachte, fiel ihm ein, dass sie James in der Nacht, in der sie zusammen gewesen waren, bei ihrer Mutter gelassen hatte. Was, wenn Katie ihm die Schuld dafür gab, dass sie bei ihm geblieben war, anstatt nach Hause zu ihrem Sohn zurückzukehren? Das ließ ihn nicht gut dastehen. Interessierte er sich wirklich für James, wenn er, sobald er mit Katie allein gewesen war, nur noch an Sex mit ihr hatte denken können und James' Wohl vergessen hatte?

Das traf ihn bis ins Mark. Kein Wunder, dass sie ihn nicht wiedersehen wollte. Evan gab sich selbst die Schuld dafür. Aber das war überhaupt nicht seine Absicht gewesen. Er musste so schnell wie möglich mit Katie reden und es wieder in Ordnung bringen, egal, was sie bedrückte. Er hatte alles getan, was er für richtig gehalten hatte, und es am Ende trotzdem vermasselt. Er durfte nicht zulassen, dass ein Fehler alles ruinierte, was sie sich gemeinsam aufgebaut hatten.

Evan hatte seinen Sohn immer noch nicht richtig kennenlernen können.

Schritte ertönten, und Evan blickte auf und sah, wie Liam auf ihn zuschlenderte. „Wie läuft es mit dem neuen Prototyp?"

„Ich werde noch ein bisschen was optimieren, aber ansonsten ist er fast fertig", antwortete Evan. „Was machst du denn hier unten?"

„Ich suche gerade nach einem meiner Mitarbeiter und war in der Nähe. Da dachte ich, ich sag mal Hallo." Liam zwinkerte ihm zu. „Freut mich, dass es dir wieder besser geht. Wir sehen uns später."

Liam wandte sich zum Gehen. „Warte", rief Evan. „Ich brauche deine Hilfe bei etwas."

Evan musste Katie finden. Da sie weder auf seine Nachrichten noch auf seine Anrufe reagierte, würde sie ihm wieder entgleiten, wenn er dieses Mal nicht etwas mehr Initiative ergriff. Er durfte sie nicht wieder verlieren. Nicht, wenn sie so eine Wirkung auf ihn hatte. Wenn er sie wieder verlieren würde, wäre er nie wieder derselbe. Das würde er sich nie verzeihen. Warum er so empfand, wusste er nicht. Er hatte noch nicht genug Zeit mit Katie verbracht. Aber das bedeutete nicht, dass er seinen Instinkten nicht trauen konnte.

„Die Frau, von der ich erzählt habe", sagte Evan, „die Mutter meines Sohnes. Ihr Name ist Katie Adams, und ich muss wissen, wo sie wohnt."

„Hast du das zwischen euch noch nicht klären können?", sagte Liam.

„Also … Na ja, irgendwie schon. Wir haben uns vor ein paar Tagen gesehen, und es lief großartig. Aber jetzt ist sie wieder verschwunden, und ich weiß nicht, warum."

„Und du machst dir Sorgen."

Evan nickte, und Liam schenkte ihm ein verschmitztes Lächeln.

„Gut, dass du mich kennst", sagte er. „Nachdem du sie letzte Woche erwähnt hast, habe ich es mir zur Aufgabe gemacht, meinen vorherigen Fehler zu korrigieren. Ich werde dir in ein paar Stunden ihre Adresse schicken. Sie kann aber warten, bis du mit deiner Arbeit fertig bist, die seit einer Woche auf dich wartet!"

Evan beherrschte sich und flehte Liam nicht an, ihm sofort ihre Adresse zu geben. So sehr er auch zu ihr fahren wollte, er brauchte ein wenig mehr Zeit zum Nachdenken, um sich zu überlegen, was er ihr sagen sollte. Und während er seinen Stapel Arbeit abarbeitete, den er vor sich hergeschoben hatte, kam ihm der rettende Gedanke. Er hoffte nur, dass sein Plan aufgehen und sie ihm noch eine Chance geben würde.

EVAN HIELT vor einem alten Haus unweit der Innenstadt von Blackfall an. Es gab nicht mehr viele Häuser in dieser Gegend, deshalb fiel es ihm auf, als er es sah. Er erkannte Katies alten, dunkelblauen Kia in der Einfahrt. Er parkte hinter ihm, stellte den Motor ab und überlegte kurz, was er ihr sagen sollte.

Er wusste, ob es irgendetwas gab, das er sagen *konnte*, um sie davon zu überzeugen, dass sie Evan in ihr Leben lassen sollte. Schließlich war er der Meinung gewesen, er hätte sie schon überzeugt. Aber er musste es versuchen.

Evan überquerte den leicht bräunlichen Rasen und klopfte an die Tür. Drinnen hörte er ein Geräusch, und dann öffnete sich die Tür und Katie stand vor ihm. In dem Augenblick, in dem er sie sah, war es, als würde sich alles, was er sich vorgenommen hatte zu sagen, in Luft auflösen.

Sie jedoch wollte die Tür sofort wieder zumachen. Also schob er seinen Fuß dazwischen, bevor sie ihn aussperren konnte.

„Das ist kein guter Zeitpunkt, Evan", sagte Katie.

„Bitte, können wir einfach reden?"

„Was gibt es da zu reden?" Sie drückte die Tür fest gegen seinen Fuß und versteckte sich dahinter, damit sie sich nicht sehen konnten. „Ich bin eine Katastrophe, und du bist ..."

„Egoistisch?", beendete Evan den Satz für sie, als sie verstummte.

Sie lachte. „Das war nicht das, was ich sagen wollte."

Das war sie aber, jedoch wollte er ihr nicht widersprechen; nicht, wenn er sie überzeugen musste, ihn hereinzulassen. „Die Nacht mit dir war wunderschön", sagte Evan. „Aber ich schwöre, ich hatte nie vor, dass wir einfach so in unsere alten Gewohnheiten zurückfallen. Ich habe dich definitiv nicht davon abhalten wollen, nach Hause zu James zurückzukehren."

„Ich gebe dir nicht die Schuld daran."

Evan knurrte frustriert. „Was soll das hier eigentlich? Du willst mir nicht mal in die Augen sehen. Ich habe keine Ahnung, was ich falsch gemacht habe. Und alles, was ich will, ist, es richtig zu machen, damit ich mit dir und James zusammen sein kann."

Er hörte Katie seufzen. „Willst du mit mir zusammen sein?"

„Wenn es das ist, was du willst", erwiderte er. „Katie, immer wenn ich bei dir bin, fühlt es sich an, als würde endlich alles Sinn ergeben. Ich weiß nicht, wie es dir geht, aber ich will das nicht verlieren. Und ich will *dich* nicht wieder verlieren. Nicht, wenn ich etwas tun kann, um das zu verhindern."

„Es ist nicht so einfach", sagte sie. „Unsere Leben sind völlig verschieden. Ich glaube nicht, dass wir überhaupt kompatibel sind."

„Liegt es an meiner Magie?"

Sie lachte. „Ich habe vor Kurzem meinen Job verloren und weiß nicht, wie ich mich weiter um James kümmern soll. Das ist der einzige Grund, warum ich eingewilligt habe, mich mit dir zu treffen. Ich dachte, wenn es zwischen uns klappt, muss ich mir nie wieder Sorgen machen, wie ich und James über die Runden kommen sollen. Würdest du wirklich mit so jemandem zusammen sein wollen?"

„Ich glaube nicht, dass das der einzige Grund war, warum du zu mir gekommen bist. Und selbst wenn es so wäre, ist es mir egal. Du solltest inzwischen wissen, dass wir nicht zusammen sein müssen. Ich will dir einfach nur helfen, und James ist auch meine Verantwortung. Ich kann nicht einfach mein Leben weiterleben und nichts tun." Evan lehnte sich vor und sprach leiser weiter. „Und selbst wenn du mit der Absicht zu mir gekommen bist, mich zu benutzen, weiß ich, dass du anders gedacht hast, als du gegangen bist."

Katie verstummte. Evan wünschte sich, er könnte ihr Gesicht sehen. Er musste unbedingt wissen, ob er zu ihr durchgedrungen war. Aber sie blieb hinter der Tür.

„Evan, du bist weltberühmt, und ich bin ein Niemand",

fuhr sie schließlich fort. „Meine Mutter ist davon überzeugt, dass ich eine totale Versagerin bin, weil ich ein Kind bekommen habe und den Namen des Vaters nicht preisgebe. Dass ich eine furchtbare Mutter für James bin. Du kannst unmöglich Teil meines chaotischen Lebens werden wollen."

Evan schloss die Augen und atmete tief durch. Er hatte damit gerechnet, dass sie sein Geld und sein Status einschüchtern würden. „Nichts davon ändert etwas. Mich interessiert, was *du* denkst, nicht irgendjemand anders. Solange ich dich und James glücklich machen kann, ist es egal, was die anderen tun oder sagen. Alles, was zählt, sind wir."

„Auch wenn es sich negativ auf deine Arbeit auswirkt? Was du tust, ist so wichtig ..."

„Wie die Leute mich wahrnehmen, wird mich nicht daran hindern, meine Mission zu erfüllen."

Daraufhin lugte Katie um die Tür herum. Ihre hellgrünen Augen waren ein wenig rot, als würde sie sich anstrengen, die Tränen zurückzuhalten. Evan wünschte, er könnte sie in die Arme nehmen und ihr sagen, dass alles gut werden würde. Aber sie hielt die Tür immer noch zwischen ihnen. Also schluckte er stattdessen schwer.

„Und dann ist da noch die Sache mit der Magie", gab sie schließlich zu.

Das war das andere Problem, auf das Evan vorbereitet gewesen war. Er lächelte und lehnte seinen Kopf gegen den Türrahmen, um ihr in die Augen sehen zu können. Sie versuchte wegzuschauen, aber ihr Blick wurde ständig von seinem angezogen.

„Die Magie gehen wir ganz langsam an. Ich kann dir zeigen, dass sie nichts Beängstigendes an sich hat. Ich hatte eigentlich gehofft, du würdest mit mir in die Berge fahren, damit ich dir zeigen kann, wie meine Magie funktioniert", sagte er. „Ich glaube, es wird dir gefallen."

Sie wich ein wenig zurück. „Bist du sicher, dass das in Ordnung wäre? Dass ein Mensch dir dabei zusieht?"

„Ich bin bereit, für dich eine Ausnahme zu machen." Er schenkte ihr ein warmes Lächeln und legte die Hand auf die Tür, in der Hoffnung, sie würde sie ergreifen. Sie tat es. Die Wärme, die sich bei ihrer Berührung in ihm ausbreitete, hätte ihn erschreckt, wenn er sie nicht schon erlebt hätte. Er spürte die Verbindung zwischen ihr und ihm und versuchte, ihr zu zeigen, wie sehr er sich wirklich um sie und James sorgte. Wie sehr er sich wünschte, dass sie sich vertrugen, damit er ihr wenigstens mit James helfen könnte.

„Evan, ich ... Ich habe so lange geglaubt, dass es zwischen uns nicht funktionieren könnte. Ich kann das nicht einfach über Nacht ändern", sagte sie schließlich.

„Das erwarte ich auch nicht. Ich bitte nur um eine weitere Chance, dir zu zeigen, dass du vor nichts Angst haben musst." Evan drückte ihre Hand. „Ehrlich gesagt bin ich selbst nervös. Ich weiß nicht, ob es funktionieren wird, aber wir können es herausfinden. Ich möchte nicht, dass du jemals das Gefühl hast, du müsstest dich abrackern, um für dich und James zu sorgen."

Katie drückte seine Hand, und er spürte, wie sie sein Angebot endlich annahm. „Okay", sagte sie schließlich, „lass es uns versuchen. Ich kann nicht mehr versprechen als das."

Evan lächelte und hätte sie so gerne geküsst. Er konnte an der Art, wie sie ihn ansah, erkennen, dass auch sie es wollte. Aber er hatte sich schon einmal hinreißen lassen, und das durfte er nicht noch einmal tun. Erst, wenn er wusste, dass Katie voll und ganz hinter ihrer Entscheidung stand.

„Das würde mich sehr glücklich machen", sagte er.

„Du willst mir also zeigen, wie deine Magie funktioniert?", fragte sie.

„Meine Erdheilung", sagte er. Allein beim Gedanken daran war er aufgeregt und freute sich, wie interessiert sie daran war. „Was hältst du davon, zelten zu gehen?"

11

KATIE

Eine Woche später, nachdem Katie ihre beste Freundin Roxanne dazu überredet hatte, ein Wochenende lang auf James aufzupassen, fuhren sie und Evan in die kalifornische Wildnis nördlich von Blackfall. Es war unfassbar heiß, da der Sommer sich mit schnellen Schritten näherte. Aber es war die perfekte Zeit, um den Mief der Stadt zu verlassen und die offenen Felder, Bäume und Berge zu sehen. Wenn sie länger als eineinhalb Tage wegfahren könnten, wäre Katie überglücklich gewesen. Aber sie konnte James nicht mitnehmen, während sie immer noch abwog, was genau zwischen ihr und Evan war. Und sie wollte James nicht länger als ein Wochenende bei Roxanne lassen.

Sie fuhren jedoch an allen Campingplätzen vorbei, die Katie kannte, und weiter in die Berge hinein. Als sie Evan darauf ansprach, sagte er: „Um meine Magie sicher anwenden zu können, ohne dass es jemand anderes sieht, müssen wir dorthin fahren, wo niemand sonst hinfährt. Keine Sorge, ich kenne den perfekten Ort."

Katie hatte nichts dagegen. Die Fahrt war lang, aber die

Landschaft war wunderschön. Sie fuhren vorbei an Euka-
lyptusbäumen, die größer waren als alles, was sie je gesehen
hatte, vorbei an glitzernden Wasserfällen und bizarren Fels-
formationen. Sie merkte, dass diese Wälder etwas Magi-
sches an sich hatten, und das wurde immer deutlicher, je
tiefer sie in die Wildnis vordrangen. Früher wäre ihr die
ungewöhnliche Ruhe an diesem Ort nie aufgefallen. Aber
jetzt, da sie wusste, dass Magie real war, vermutete sie, dass
das einen bestimmten Grund hatte.

„Es gibt wirklich überall Magie", sagte Katie. Das Gras
auf den nahe gelegenen Feldern war trotz der sengenden
Hitze und des fehlenden Regens sattgrün.

„Ich komme zu Beginn jeden Sommers hierher und
gebe der Wildnis einen Hauch von Magie, damit sie die Zeit
der Waldbrände übersteht. Das ist der Grund, warum
keines der Feuer jemals Blackfall oder eine der umlie-
genden Landschaften erreicht."

Katie war anfangs sehr besorgt gewesen, als Evan ihr
von gefährlichen Vampiren, Drachen und Fabelwesen
erzählt hatte. Aber er selbst und alles, was er tat, waren ein
klarer Beweis dafür, dass Magie zum Guten eingesetzt
werden konnte. Vielleicht wurde sie auch in erster Linie für
das Gute eingesetzt. Das wollte sie glauben, auch wenn sie
es besser wusste. Es würde immer jemanden geben, der die
Macht, die ihm gegeben wurde, missbrauchte.

„Es ist wunderschön", sagte sie, und dann, nachdem sie
kurz nachgedacht hatte, fragte sie: „Willst du mir mehr
darüber erzählen, was es bedeutet, ein Gestaltwandler zu
sein?"

„Jeder macht damit seine eigene Erfahrung", antwortete
Evan. „Aber im Grunde bedeutet es, dass ich einen Körper
mit einem Drachen teile. Wir sind gleich und haben die
gleichen Wünsche und Bedürfnisse, aber wir sind auch ...

verschieden. Mein Drache will manchmal Dinge, die ich auch will, aber auf einer ursprünglicheren Ebene, ohne dass er durch psychologische Muster gebremst wird oder sich über die Konsequenzen Sorgen macht."

Es klang beängstigend, einen Körper mit einem anderen Wesen zu teilen. Sie machte sich Sorgen um James, wie er damit zurechtkommen würde, für den Rest seines Lebens sowohl Mensch als auch Drache zu sein. Hatten sich Gestaltwandler mit ihren tierischen Hälften angefreundet? Hatten sie sich jemals gegeneinander aufgelehnt? Es gab so viel, was Katie nicht verstand. Aber sie bemühte sich, weil sie Evan und James besser verstehen wollte.

„Was meinst du damit?", fragte Katie.

Evan schaute weg von der Straße und zu ihr. Sie sah direkt in seine braunen Augen, und dann erkannte sie es: sein Drachen-Ich, das darunter hervorlugte. Im ersten Moment war sie ein wenig erschrocken und versucht wegzuschauen. Aber das war auch ein Teil von Evan. Und sie erkannte ein Verlangen. Ein Verlangen nach *ihr*. Sie bebte und spürte einen Hauch von Erregung.

„Ich möchte zum Beispiel gerne anhalten, die Sitze zurückschieben und dich dazu bringen, hier draußen meinen Namen ganz laut zu schreien, wo niemand sonst ihn hören kann", sagte Evan. „Mein Drache würde es einfach tun, ohne nachzudenken, weil er riechen kann, dass du dich angezogen fühlst. Aber ich will es nicht riskieren, die Sache mit dir wieder zu vermasseln."

Katies Wangen wurden heiß und rot angesichts seines Geständnisses, und sie sah weg. Nicht, weil es ihr peinlich war, sondern weil auch sie das gerne tun würde. Sie hatte die ganze Fahrt über auf Evans Hemd geschielt, das sich über seine muskulösen Arme spannte. Zumindest immer dann, wenn sie nicht gerade auf die Landschaft geschaut hatte, an der sie vorbeifuhren. Konnte sein Drache wirklich gerochen haben, wie sehr sie sich zu ihm hingezogen fühlte?

Sie biss sich auf die Lippe und unterdrückte den Wunsch, dass er sich ein wenig gehen lassen und genau das tun würde: rechts ranfahren und sie an Ort und Stelle nehmen.

„Ich verstehe", sagte sie, konnte jedoch nicht verbergen, wie sehr sie ihn begehrte. Im Auto wurde es ganz heiß, als sie sich vorstellte, wie es sich anfühlen würde, wenn er in ihr wäre; wie er seine starken Arme um sie und seine rauen Hände auf ihre Brüste legen würde.

Das war der wahre Grund, warum sie sich zurückgehalten und Evan von sich gestoßen hatte. Denn wann immer sie an ihn dachte, verlor sie sich in diesen Fantasien. Was für eine Mutter wäre sie, wenn sie ihren Sohn vernachlässigen würde, um weiterhin mit Evan zu schlafen? Sie hatte so ein schlechtes Gewissen, weil sie James länger mit ihrer Mutter allein gelassen hatte, als sie es vorgehabt hatte. Aber sie bereute es keinesfalls, mit Evan geschlafen zu haben. Sie hatte noch nie in ihrem Leben so fantastischen Sex gehabt.

Sie räusperte sich und versuchte, diese Gedanken zu verdrängen. Es war eine Herausforderung, mit Evan in seinem Auto zu sitzen, aber es gab so vieles über Gestaltwandler und Magie, das sie erfahren wollte.

„Ich vermute, dass es nicht so viele Gestaltwandler gibt, oder?", fragte sie. „Aber du sagtest, du hast weitere Drachenfreunde?"

„Ein paar. Alle Leute in der obersten Führungsetage bei InnoCell sind Drachen-Gestaltwandler wie ich. Die meisten von uns sind zusammen aufgewachsen, deshalb haben wir auch eine Firma gegründet", sagte Evan.

Wenn jeder bei InnoCell ein magischer Drache war, würde das all ihre hochgesteckten Ziele erklären und warum sie das Unmögliche zu erreichen versuchten, als wäre es etwas ganz Alltägliches. Sie hatten Magie und die Hilfe vieler weiterer magischer Wesen, um ihre Pläne in die Tat umzusetzen. Katie fragte sich, wie sehr sich der Lauf der Geschichte wegen Leuten mit magischen Kräften verändert hatte – zum Guten oder zum Schlechten.

„Wozu wird James in der Lage sein, wenn er groß ist?", fragte sie.

Evan schaute sie wieder an, aber diesmal lag in seinen Augen kein Verlangen. Stattdessen schenkte er ihr ein Lächeln, das ihr Herz zum Schmelzen brachte. Er hielt den Truck an, und einen kurzen Moment lang dachte sie, er würde ihr gegenseitiges Verlangen in die Tat umsetzen.

„Es wird einfacher sein, wenn ich es dir zeige", sagte er und stellte den Motor ab. „Komm, wir sind da. Aber lass uns erst unser Lager aufschlagen."

Katie schaute zum ersten Mal seit einer Weile wieder aus dem Fenster und sah, dass sie einer sehr alten Straße den Berg hinauf gefolgt waren. Von hier aus überblickten sie die Wälder, die sehr weit von Blackfall entfernt waren. Sie hatte die Stadt allerdings noch nie von so weit oben gesehen. Sie war wie ein kleiner Fleck in der Ferne, kaum zu erkennen zwischen all den Bäumen und dem Meer.

„Kaum zu glauben, dass nicht viele Leute hierherkommen", sagte sie, während sie ihm mit der Campingausrüstung half. „So etwas unglaublich Schönes habe ich in meinem Leben noch nie gesehen."

„Du wärst überrascht, wie viel es gibt, was der normale Mensch übersieht. Ganz viel Magie geht am helllichten Tag vonstatten."

Katie gehörte zu den Leuten, die das früher übersehen

hätten. Aber wenn niemand damit rechnete, Magie zu erleben, wusste man wahrscheinlich nicht, wonach man Ausschau halten musste. Auch jetzt, da sie wusste, dass Magie real war, war sie sich nicht wirklich sicher, woran sie zu erkennen war – außer dem kribbelnden Gefühl, das sie bekommen hatte, als Evan ihr mit seiner Magie hatte zeigen wollen, dass er und James Drachen-Gestaltwandler waren.

Sie bauten ihr Zelt auf, und als das erledigt war, führte Evan sie ein wenig weiter hinauf, weg von der flachen Stelle, wo sie ihr Lager aufgeschlagen hatten, und hin zu einem flacheren Bereich. Er kniete sich ins Gras und gab ihr ein Zeichen, sich zu ihm zu setzen. Sie tat es, und er streckte die Hand aus und bedeutete ihr, sie zu ergreifen.

„Was hast du vor?", fragte sie.

„Ich will dir meine Magie zeigen, wie ich es versprochen habe. Vertraust du mir?"

Katie sah zwischen Evan und seiner Hand hin und her. Es fühlte sich an, als wäre es erst ein paar Tage her, dass sie ihm nicht vertraut hatte – oder sich selbst. Jetzt vertraute sie Evan voll und ganz. Und sie wusste, dass sie ihm auch James anvertrauen konnte. Sie legte ihre Hände in seine.

„Halt dich gut fest. Es wird sich komisch anfühlen, aber ich verspreche dir, es wird nicht wehtun", sagte Evan.

Sie nickte, entschlossen, das durchzuziehen, ohne Angst zu bekommen. Wenn sie wirklich mit Evan zusammen sein wollte, dann musste sie mehr über seine Magie erfahren. Sie wusste, dass er sich weit hinauslehnte, allein dadurch, dass er ihr erzählt hatte, wozu er fähig war. Ganz zu schweigen davon, es ihr zu zeigen.

Sie holte tief Luft und war bereit.

Evan bemerkte es, und er legte seine Hände auf den Boden. Eine ganz flach und die andere war irgendwie um ihre gewickelt und in die Erde gedrückt. Sie schaute zwischen ihren Händen und seinem Gesicht hin und her. Als er die Augen schloss, hörte Katie ein leichtes Summen in den Ohren, als würden plötzlich ein Dutzend Bienen um ihren Kopf fliegen. Aber da waren keine Bienen. Das Geräusch verstummte, aber die Schwingung zog immer noch durch ihren Körper und ließ sich in der Hand nieder, die mit Evans verschränkt war.

Und dann öffnete sich die Erde. Eine riesige Erdspalte teilte sich vor ihr, und Katie taumelte rückwärts, um nicht hineinzufallen. Evan bewegte sich nicht, sondern hielt ihre Hand nur noch fester.

„Es ist okay", sagte er, „wir schauen nur in die Erde. Was du siehst, passiert nicht wirklich, aber es fühlt sich so an, weil die Erde dir so weit vertraut, dass sie dir erlaubt, unter die Oberfläche zu schauen."

Zuerst waren es nur Erde und Steine, aber als Katie sich an diesen ungewohnten Blick ins Innere gewöhnt hatte, konnte sie mehr sehen. Zunächst bemerkte sie, wie mittlerweile ihr ganzer Körper vor Magie kribbelte, nicht nur ihre Hand. Sie fühlte sich dadurch lebendig, fast wie beim Sex mit Evan, aber auf eine andere Art. Sie konnte es nicht ganz erklären. Es war, als wäre sie in die tiefsten Geheimnisse von jemandem eingeweiht worden, nicht mit Worten, sondern indem sie sie in dessen Innerstes sah. So fühlte es sich für sie an: neben Evan in die Erde zu fallen. Er zeigte ihr etwas, das niemand sonst je gesehen hatte, und es hatte etwas so Intimes an sich, dass ihr wieder einmal klar wurde, wie sehr er sie mochte.

Als Nächstes bemerkte sie die kostbaren Edelsteine in der Erde, Fossilien und seltsame, magische Kreaturen mit Schnabelgesichtern und Krallen. Dann Adern aus Magma und Gold, dem Lebenselixier der Erde. Und genau im Zentrum von alldem – das Herz der Erde. Evan hielt direkt darüber an, und sie betrachteten beide die glühende Flüssigkeit. Auch wenn es kein Herz im eigentlichen Sinne war, hörte Katie dennoch den Herzschlag der Erde und ihr eigener schlug im Takt mit ihm.

Während sie das Herz der Erde mit eigenen Augen sah, war sie überwältigt von dessen unermesslicher Schönheit. Nie zuvor hatte sie die Erde auf so eine Weise erlebt. Sie spürte, wie sehr Evan die Erde am Herzen lag. Sie hatten das gleiche Blut, das gleiche Feuer und die gleiche Magie, und Katie verstand, welche Art von Verbindung sie teilten und welche Art von Verbindung ihr Sohn eines Tages zu der Erde haben würde, wenn Evan ihm das beibringen würde.

Katie blinzelte, und plötzlich war alles weg.

Sie keuchte, und ihre Hände zitterten. Nicht vor Angst, sondern vor lauter Ekstase, da so viel Magie durch ihren Körper floss. Sie drehte sich um, um Evan zu küssen, um etwas davon durch ihre Lippen aus sich herausströmen zu lassen. Sie musste ihm etwas von dieser Intimität zurückgeben, ihm zeigen, dass sie jetzt verstand, wie dumm sie gewesen war, dass sie ihm jemals misstraut hatte. Er war eine ursprüngliche Kraft, roh und mächtig wie die Erde selbst.

Aber ... Es war nicht mehr Evan, der ihre Hand hielt. Nicht ganz. Sein Gesicht begann sich zu verlängern, seine Haut wurde dunkelbraun, durchzogen von goldenen Sprenkeln. Er verwandelte sich in einen Drachen.

„Da war noch etwas, das ich dir zeigen wollte", sagte er, und seine Worte waren ein wenig verzerrt, als sich sein Gesicht und sein Hals veränderten. Seine Kleidung zerriss, als er an Größe zunahm, und Schuppen aus Gold und braunem Stein bedeckten seinen Körper.

Katie trat einen Schritt zurück, als er größer wurde. Aus lauter Ehrfurcht vor seiner Schönheit starrte sie ihn an. Er war nicht nur als Mensch eine Augenweide, sondern auch als Tier, schlank und muskulös, und seine glatten Schuppen ließen ihn aussehen, als trüge er eine goldene Rüstung. Seine ledernen Flügel schlugen über ihm, als er seine Verwandlung beendete, und dann stand er im Gras, die Flügel wieder angelegt, und sein Schwanz schwang hinter ihm hin und her.

Da stand ein Drache vor ihr, ein Fabelwesen, das eigentlich nicht real sein durfte. Und doch war er real. Nicht nur das. Als er den Kopf drehte, um sie anzuschauen, drangen seine braunen Augen tief in ihre Seele ein. Er war nicht nur ein Drache. Das war Evan, und er gehörte ihr. So wie sie ihm gehörte. Sie wusste es jetzt, tief in ihrem Inneren, dass es immer so gewesen war. Sie hatte nur vier Jahre gebraucht, um es zu erkennen.

Vorsichtig und mit ausgestreckten Händen ging Katie auf ihn zu. Er senkte seine Schnauze, damit sie sein Gesicht berühren konnte. Seine felsenartige Haut war rau, und ein paar der Steine sahen scharf aus, aber das war Katie egal. Alles, was sie sah, war die Art, wie er sie ansah: voller Verlangen, wie der flüchtige Blick, den sie von Evans Drachen-Ich erhascht hatte, als sie den Berg hinaufgefahren waren.

Er blinzelte bedächtig, und seine riesigen Augen waren so groß wie ihr Kopf. Jedes war von goldenen Sprenkeln durchzogen, schwarzen und silbernen sowie unzähligen Brauntönen. Es waren zweifelsohne Evans. Er drehte den Kopf zur Seite und reckte den Hals, um auf seinen Rücken zu deuten.

Katie folgte seinem Blick, und er wedelte mit den Flügeln. „Du willst, dass ich auf dir reite?"

Er nickte. Sie schluckte. Nie in ihrem Leben hätte sie damit gerechnet, jemals auf einem Drachen zu reiten ... Das war bestimmt gefährlich, und so etwas Gefährliches hatte sie noch nie getan. Aber natürlich würde sie es wagen.

Katie nutzte ein paar der Felsen, die aus seinen Schuppen ragten, um auf seinen Rücken zu klettern. Sein Rücken war glatt, und sie fand eine bequeme Stelle, wo sie ihre Arme teilweise um seinen Hals schlingen konnte. Es schien nicht die sicherste Position zu sein, aber sie vertraute darauf, dass Evan auf sie aufpassen würde. Sie hielt sich noch fester, als er sich aufrichtete. Bereits jetzt waren sie mindestens dreimal größer als ihre Körpergröße, und sie hatten sich noch nicht einmal vom Boden abgehoben.

Evan nahm Anlauf, und sie schrie vor Aufregung. Und dann waren sie plötzlich in der Luft. Der Wind peitschte um ihren Kopf und zerrte an ihrem Kleid, und sie fühlte sich wild und frei, als sie höher und höher flogen. Zunächst hatte sie Mühe zu atmen, aber dann entspannte sie sich. Nach einem kurzen Aufstieg behielt Evan die Höhe bei, und die Aussicht raube ihr den Atem.

Sie waren so hoch, dass Blackfall nicht mehr zu sehen war, nur noch die Wälder und Berge, die miteinander zu verschmelzen schienen. Weit in der Ferne konnte sie jedoch weitere Städte sehen. Evan schwankte leicht von einer Seite zur anderen, als sie zu sinken begannen. Seine Flügel schlugen gleichmäßig und durchbrachen die Wolken um sie herum. Sie streckte die Hand aus, um sie zu berühren, doch das hauchdünne Weiß glitt durch ihre Finger.

Evan beschleunigte seinen Abstieg, und Katie drückte ihr Gesicht an seinen Rücken. Dort, wo ihn keine Felsen bedeckten, war er warm. Sie spürte ihn unter den Schuppen, den Schlag seines Herzens, ihre gemeinsame Verbindung. Ihr Körper sehnte sich danach, ihn zu spüren, sehnte sich nach dem Gefühl seiner Haut an ihrer. Aber auch so, mit dem Wind, der ihre Wange küsste, war sie zufrieden.

Als Evan landete, rutschte Katie von seinem Rücken. Sie stolperte ins Gras und wäre beinahe umgefallen. Aber Evan war bereits an ihrer Seite, wieder in seiner menschlichen Gestalt. Er ergriff ihre Hand und zog ihr Gesicht direkt an seine muskulöse Brust. Er war jetzt nackt, und sie sah seinen steifen Schwanz, der gegen ihr Bein drückte. War es sein Drache, der sie wollte, oder war er es? Spielte das eine Rolle, wenn sie ein und derselbe waren?

Er hob ihr Kinn an und küsste sie sanft. Er war so fest wie die Erde, aber in ihm loderte ein Feuer. Seine Leidenschaft für sie würde an die Oberfläche dringen, wenn sie es nur zuließe. Katie brauchte ihn, ihr Körper brauchte ihn. Sie stand in Flammen, und nur er konnte sie bändigen. Sie presste ihre Zunge gegen seine Lippen, sodass er den Mund öffnete.

Sein weiches, brennendes Inneres öffnete sich für sie.

Er stöhnte in ihren Mund und drückte sie besitzergreifend an sich. Katie keuchte angesichts seiner Rohheit, aber sie genoss sie und wollte mehr davon. Seine Hände wanderten über ihren Körper, ihre Hüften, verweilten auf ihrem Hintern. Der Stoff ihres Kleides war das Einzige, das sie voneinander trennten.

„Der Drache soll übernehmen", sagte sie. Sie wollte ihn wissen lassen, dass sie in jeder Hinsicht ihm gehörte.

Er löste seine Lippen von ihren und drückte seinen Mund fest an ihr Ohr. „Bist du sicher, dass du das willst?"

Er knabberte an ihrem Ohr, und ihre Augen rollten zurück. Sie war bereit für mehr von ihm. Allein das Brennen seiner Haut auf ihrer Haut machte sie verrückt, und sie war nicht in der Lage, darauf etwas zu erwidern. Ihre Körper mussten jetzt das Reden übernehmen. Sie griff nach seinem Schwanz und begann, ihn zu streicheln. Er war groß und hart und pulsierte wie eine mächtige Waffe.

Evan stieß ein tiefes Knurren aus und drückte sie auf die Knie ins Gras. Sie keuchte angesichts seiner Kraft, aber Hitze durchströmte ihren Körper und sammelte sich zwischen ihren Beinen. Sie brannte vor Verlangen nach ihm und konnte es kaum erwarten zu sehen, was er mit ihr anstellen würde. Sein Schwanz berührte ihre Lippen, und er fuhr ihr abwartend mit den Händen durch die Haare. Er brauchte nicht lange zu warten. Katie öffnete den Mund und nahm seinen harten Schwanz darin auf. Er pulsierte an ihrer Zunge und schob sich tiefer in sie hinein.

Evan stöhnte, als sie an ihm saugte, wild und roh, anders als alles, was sie je zuvor gehört hatte. Sie stöhnte ebenfalls, erregt von dem Geräusch seiner Lust, und er richtete ihren Kopf so aus, dass sie ihn ganz aufnehmen konnte. Katie griff zwischen ihre Beine und schob ihr Kleid hoch, damit Evan sehen konnte, wie sie sich selbst berührte. Ihre Klitoris kribbelte und pulsierte jedes Mal, wenn Evan seinen Schwanz in ihren Mund schob. Er stöhnte heftig, und sein Schwanz dämpfte ihre eigenen Lustgeräusche.

„Fuck ...", stöhnte er und stieß noch ein wenig fester in ihren Mund. Katie wirbelte mit ihrer Zunge an seinem Schaft entlang, während er sich bewegte, und genoss seinen Geschmack.

Schließlich zog er sich aus ihr heraus, und sie schnappte keuchend nach Luft. Ihre Finger waren glitschig von sich selbst, und obwohl ihre Muschi brannte und sich zusammenzog, weil sie gefüllt werden wollte, wollte sie ihn weiter saugen. Sie wollte spüren, wie er in ihrem Mund pochte, wie sein ganzer Körper erzitterte.

Aber der Drache hatte immer noch die Kontrolle. Sie sah das Tier in ihm, als sie in seine Augen blickte. Er starrte sie mit seinen herrlichen braunen Augen an, aber es war nicht mehr nur Evan darin, sondern etwas Wildes und

Lüsternes. Katie sehnte sich nach beidem. Ein bisschen mehr von Evan erschien in seinen Augen, und statt sie gleich dort im Gras zu nehmen, hob er sie in seine Arme.

Während er sie zu ihrem gemeinsamen Zelt trug, küsste er sie sanft. Auf die Wange, den Kiefer, die Stirn, die Nase und schließlich auf die Lippen. Ihr gefielen beide Seiten von Evan, seine freundliche, fürsorgliche Art, aber auch seinen besitzergreifenden Teil. Ihr ganzes Leben lang hatte sie Angst davor gehabt, jemandem zu gehören, hatte jeden von sich gestoßen. Jetzt stellte sich heraus, dass sie nur den richtigen Mann gebraucht hatte, der sie besitzen konnte. Evan. Und es war kein einseitiger Deal, sie gehörten einander.

Sie biss ihm auf die Lippe, was Evan ein tiefes, grollendes Knurren entlockte. Er legte sie auf die Luftmatratze und riss ihr das Kleid vom Leib. Und als er sah, dass sie weder Slip noch BH trug, verschlang er ihre Brüste und ihre feuchte Muschi mit Blicken, als wüsste er nicht, was er als Erstes mit ihr anstellen sollte. Er zögerte jedoch nicht lange und tauchte direkt zwischen ihre Beine, um die Nässe aufzulecken, die er dort hatte entstehen lassen. Ein Beweis für ihre Lust und ihr Verlangen nach ihm.

Katie warf den Kopf zurück, als er ihre Klitoris leckte und dann gleich zur Sache kam. Er fachte das Feuer in ihr an, und als es sich anfühlte, als würde sie gleich explodieren, löste er einen Flächenbrand aus, indem er einen Finger in sie hineinschob.

„Oh, Gott!", schrie sie, da sie wieder gelernt hatte zu sprechen.

Ihre Wände umschlossen ihn, ihr ganzer Körper loderte vor Lust, verbrannte in einem Feuer, das nur Evan in Schach konnte. Katie war kaum noch Herrin ihrer Sinne. Er bewegte seine Hand, schob seine Finger tiefer in sie hinein, bearbeitete ihre Wände mit Hingabe und Geschick. Er drängte sie über die sterbliche Welt hinaus, direkt in ein Land der lodernden Glückseligkeit, und sie stieg immer höher. Sie zitterte und bebte vor Verlangen.

Und dann, kurz bevor sie den Zenit überschritten hatte, zog er seine Finger vorsichtig aus ihr heraus. Sie wimmerte und versuchte, ihn dazu zu bringen, sie kommen zu lassen, aber er drehte sie nur grob um. Sie zitterte vor Erwartung, dass er sie nun zum Orgasmus bringen würde, aber es sah aus, als hätte er andere Pläne. Er hob ihren Hintern hoch, presste seinen Schwanz zwischen ihre Wangen und rieb sich daran. Sie stöhnte, und ihr Kopf verlor sich in den Wolken.

Er beugte sich über sie und drückte seine Brust auf ihren Rücken. „Du hast um den Drachen gebeten", flüsterte er, „also bekommst du den Drachen. Oder hast du deine Meinung geändert?"

Katie öffnete den Mund, um etwas zu erwidern, aber er schob seinen Schwanz in ihre Vagina, und ihr entströmte nur ein weiteres Stöhnen. „N-nein, ich ... gib ihn mir", hauchte sie mit rauer Stimme.

Evan biss ihr ins Ohr und dann in den Hals, was sie erschaudern und sich wieder verlieren ließ. Er stieß in sie hinein, und seine Hüften klatschten gegen ihren Hintern. Er hielt sie fest an sich gedrückt, auch als er sie von hinten nahm und sie in seine Wärme einhüllte. Sie liebte das Gefühl von ihm, nicht nur seinen Schwanz tief in ihr, sondern auch seine Arme um sie, seine Wärme, das Kitzeln seines Atems an ihrem Hals.

Durch seine Stöße brachte er sie wieder an diesen anderen Ort, und diesmal kam er mit ihr dorthin. Sie umarmten sich in ihrer Lust, aber auch in ihrem Verlangen nach etwas Größerem: Sie wollten ihre Verbindung zueinander besser verstehen, dieses unstillbare Bedürfnis, das sie seit ihrer ersten Begegnung füreinander empfunden hatten. Katies Inneres zog sich zusammen und umschloss gierig seinen Schwanz, bis der Moment kam, in dem es zu viel für ihn wurde. Evans Stöhnen war wild und animalisch, aber Katie hörte ihn kaum, denn in ihren Ohren rauschte es. Sie drückte sich aufs Bett und zitterte, während sie sich um seinen Schwanz schloss und dieser in ihr pulsierte. Evan stieß noch einmal fest zu, und sie gab sich schreiend ihrem Orgasmus hin. Schließlich verstummten sie beide, und man hörte nur noch ihren rasenden Atem und ihre schlagenden Herzen.

Evans Arme waren immer noch um sie geschlungen, und er lag auf ihr. Er küsste ihren Hinterkopf, ihre Schulter, ihr Ohr. Seine Zärtlichkeit beruhigte sie, wieder und wieder, ohne dass es irgendwelche Worte brauchte. Und doch fand Evan sie trotzdem. „Ich hoffe, ich habe dir nicht wehgetan", sagte er.

Sie ließen sich auf die Seite fallen, und Katie lehnte sich an seine Schulter, da die Erschöpfung sie übermannte. „Nein", flüsterte sie, „das war genau das, was ich gebraucht habe." Sie kuschelte sich enger an ihn und stieß einen zufriedenen Seufzer aus. „Ich liebe dich."

Evan streichelte ihr Haar, wobei er plötzlich innehielt und die Luft einsog. „Ich liebe dich auch", sagte er.

Sie schliefen gemeinsam ein, obwohl es erst Nachmittag war, und Katie war so glücklich wie noch nie in ihrem Leben.

12

EVAN

Nach ein paar Stunden wachten sie auf, mit ineinander verschränkten Gliedmaßen, und das Zelt roch immer noch nach Sex. Die Erinnerung daran ließ Evans Verlangen wieder aufflammen, aber er beherrschte sich und küsste Katie einfach nur. Sie erwiderte seinen Kuss, und er spürte dieses federleichte Gefühl, das er immer hatte, wenn er bei ihr war. Sie war in jeder erdenklichen Hinsicht perfekt.

Er konnte nicht glauben, dass sie gesagt hatte, dass sie ihn liebte. Evan hatte noch nicht in Worte fassen können, was er für Katie empfand, aber Liebe hatte es genau getroffen. Er hatte noch nie jemanden so geliebt, wie er Katie liebte. Sie war ein Teil von ihm, so wie er ein Teil von ihr war. Wie er gehofft hatte – in die Wildnis zu fahren und ihr sein wahres Ich zu zeigen, wozu er fähig war ... Es hatte sie für ihn auf eine Weise zugänglich gemacht, die bloße Worte nie hätten erreichen können.

So viele Jahre waren vergangen, in denen sie getrennt gewesen waren, und Evan würde das nie wieder zulassen.

Sie hatten ihr Schicksal nun besiegelt. Er streichelte ihre Haare und gähnend schmiegte sie sich an seine Schulter.

„Hey", sagte sie und drehte sich, sodass sie ihren gesamten Körper an seinen drücken konnte. „Also, ich habe mir überlegt ... Vielleicht ist es an der Zeit, dass du James kennenlernst."

Evan lächelte und küsste ihren Scheitel. „Ist das dein Ernst?"

„Es ist schon zu viel Zeit vergangen. Und seit er dich gesehen hat ... hat er ständig nach dir gefragt. Ich habe ihm nicht gesagt, dass du sein Vater bist, aber er wusste es einfach."

„Er scheint ein kluger Junge zu sein. Wenn du der Meinung bist, dass es der richtige Zeitpunkt ist, dann herzlich gerne."

Evan konnte Katies Bedauern spüren, das in kalten Wellen von ihr ausging. Es schwirrte durch ihre Verbindung, und er umarmte sie fester, um sie zu beruhigen. „Ich habe es dir schon einmal gesagt: Du musst kein schlechtes Gewissen haben, weil du es mir nicht gesagt hast. Du hast getan, was du für richtig gehalten hast. Jetzt kommt es darauf an, wie wir weitermachen."

„Wenigstens ist er noch jung. Wenn er älter ist, hoffe ich, dass er das Gefühl hat, du wärst nie weg gewesen."

Evan wurde ganz warm ums Herz angesichts von Katies Wunsch, dass James diesen Eindruck haben sollte. Evan wollte das Gleiche. Aber letztendlich würde er alles akzeptieren, was auch immer passieren würde. Er war einfach nur froh, Katie jetzt an seiner Seite zu haben und endlich am Leben seines Sohnes teilhaben zu können, auch wenn mittlerweile fast vier Jahre vergangen waren. Würde James ihn mögen? Evan wusste, wie wichtig James für Katie war, und wenn ihr Sohn ihn nicht mögen sollte, könnte das zu

Problemen führen. Er musste einfach hoffen, dass die Liebe, die er für Katie empfand, auch auf James überspringen würde. Denn auch wenn Evan James noch nicht kannte, liebte er den kleinen Jungen genauso sehr wie seine Mutter.

Es gab allerdings noch etwas, das er Katie sagen musste, bevor sie in die Zivilisation zurückkehrten.

„Es gibt noch ein paar andere Dinge über Drachen-Gestaltwandler, die ich dir noch nicht erzählt habe", sagte Evan.

„Ich weiß, dass ich für den Rest meines Lebens mehr über Gestaltwandler und Magie lernen werde."

„Ich bin froh, das zu hören. Aber es gibt zwei Dinge, die du wissen musst, bevor wir unsere nächsten Schritte planen."

„Mmmm, mit den bisherigen Schritten bin ich ziemlich zufrieden", neckte Katie ihn, „aber wenn du denkst, dass es wichtig ist, dann bin ich ganz Ohr."

„Drachen-Gestaltwandler wie James und ich, wir sind unsterblich."

Katie versteifte sich ein wenig. „Du meinst, wenn wir zusammen sind, wirst du mich überleben?"

„Ja ... Also, nein. Das ist die andere Sache, von der ich dir erzählen will." Evan richtete sich auf, sodass er aufrecht saß und Katies Kopf in seinem Schoß lag. Er verschränkte seine Finger mit ihren. „Wir sind unsterblich, aber das sind unsere Gefährten auch."

Sie blinzelte zu ihm hoch. „Gefährten?"

„Ich dachte immer, es wäre nur eine Legende, aber alle Gestaltwandler, nicht nur Drachen ... Es heißt, dass wir alle nur eine Person haben, die perfekt zu uns passt. Uns in jeder Hinsicht ebenbürtig, eine alles verzehrende Liebe, ohne die man nie sein kann, wenn man sie einmal gefunden hat. Wenn man das Glück hat, sie zu finden, natürlich. Aber im Fall von Drachen-Gestaltwandlern werden ihre Gefährten auch unsterblich."

Katie schwieg und schien darüber nachzudenken. Aber sie brauchte länger, als Evan erwartet hatte. Sein Herz raste in seiner Brust. Er musste ihr auch sagen, was er dachte, nicht nur die Fakten vermitteln. Er durfte sich bei Katie nicht mehr zurückhalten.

Evan holte tief Luft. „Katie, ich weiß, das klingt jetzt voreilig ... Und ich weiß, dass wir uns genau genommen noch nicht so gut kennen, aber ich weiß jetzt schon, dass ich dich liebe und den Rest meines Lebens mit dir verbringen möchte. Mir ist vorhin klar geworden, als wir zusammen in der Erde waren ... dass du meine Gefährtin bist, und ich hoffe, du bleibst bei mir."

Etwas funkelte in Katies Augen, und Evans Herz schmolz ein wenig dahin. Sie war das Zentrum seines Universums, der Erdmittelpunkt, die Sonne, jeder einzelne Stern. Er spürte es: Sie gehörte zu ihm, er gehörte zu ihr. Aber nur, wenn sie das akzeptierte.

„Und wenn ich zustimme, werde ich dann auch unsterblich?", fragte sie. Sie schloss die Augen, und ein zaghaftes Lächeln umspielte ihre Lippen.

Er nickte, begierig darauf zu erfahren, wie sie zu dieser Sache stand.

„Evan, ich liebe dich, und egal, was passiert, nichts wird daran etwas ändern. Aber ich habe auch eine Verpflichtung gegenüber meinem Sohn. Ich möchte mit dir zusammen sein, aber es ist wichtig für mich, zuerst zu sehen, wie du und mein Sohn miteinander auskommen."

Evan beugte sich nach unten, küsste Katie und lächelte gegen ihre Lippen. „Genau das möchte ich auch erst erfahren."

„Wir haben aber noch einen ganzen Tag Zeit, bevor wir

wieder zu Hause sein müssen", sagte sie, schlang ihre Arme um ihn und zog ihn auf sich herunter. „Was schlägst du vor, wie wir ihn verbringen sollen?"

Er knabberte an ihrer Lippe, was ihr ein Kichern entlockte. „Ich habe da ein paar Ideen", antwortete er, und sie gaben sich wieder ihrer alles versengenden Leidenschaft füreinander hin.

EVAN UND KATIE verbrachten die meiste Zeit ihres Campingtrips in ihrem Zelt. Aber wenn sie sich nicht gerade liebten, wanderten sie durch die Felder und Wälder und gewöhnten sich aneinander. Er verschlang jedes bisschen Information über sie, das er bekommen konnte. Zum Teil, weil er sie liebte und alles über sie wissen wollte, aber auch, weil er Angst hatte, dass James ihn nicht mögen würde und diese herrlichen Tage mit Katie die letzten für ihn bleiben würden.

Er erfuhr, dass der Sommer ihre Lieblingsjahreszeit war, weil sie den Strand liebte. Leider konnte sie aber nicht mehr so oft schwimmen gehen oder sich dort entspannen, seit sie James hatte. Evan schwor sich, das zu ändern. Er erzählte ihr auch, dass Danny Langton, sein guter Freund, einen Streifen Privatstrand nördlich von Blackfall besaß, den sie nutzen konnten, wann immer sie wollten.

Katie schien zu verstehen, was er meinte, und sie lächelte ihn dankbar an.

Er erfuhr, dass ihre Familie ihr das Leben schwer machte. Sie hatte Probleme mit ihrer Mutter, und obwohl sie ihrem Vater einmal sehr nahegestanden hatte, war ihre Beziehung zerrüttet, seit sie James bekommen hatte. Denn ihre Mutter hatte angefangen, sie als Enttäuschung und Versagerin zu bezeichnen. Evan schwor sich, dass er auch das wiedergutmachen würde, wenn er die Gelegenheit dazu bekommen sollte. Es gab so viele Dinge, die er für Katie tun wollte, dass er sich nicht sicher war, ob er für alles Zeit haben würde ... Aber zum Glück würde das wahrscheinlich kein Problem werden, denn wenn sie ihn akzeptierte und seine Gefährtin wurde, würde auch sie unsterblich sein.

Schließlich fuhren sie nach Hause, und je näher sie Katies Wohnung kamen, desto nervöser wurde Evan. Jetzt kam der Augenblick der Wahrheit.

Hand in Hand führte Katie ihn über den Rasen und die Eingangstreppe hinauf. Das braune Haus schien ihn missbilligend anzustarren, aber Evan blinzelte seine Sorgen weg. Natürlich würde alles gut gehen. Katie hatte bereits gesagt, dass James nach ihm gefragt hatte. Das war praktisch ein Zeichen dafür, dass sie miteinander auskommen würden.

Katie wollte gerade die Tür aufschließen, aber eine andere Frau, etwa in Katies Alter, öffnete sie plötzlich.

„Hi, Roxanne", sagte Katie und umarmte sie. „Vielen Dank, dass du wieder für mich auf James aufgepasst hast."

„Es war mir ein Vergnügen. Ich wünschte, meine Alice wäre nur halb so gut erzogen wie James, als sie in seinem Alter war", erwiderte Roxanne und lachte. Dann warf sie einen Blick auf Evan und hob amüsiert die Augenbrauen. „Na, wen haben wir denn da?"

Katie lächelte schüchtern und lehnte sich an Evan. Er zog sie fest an sich. „Das ist Evan", antwortete sie. „James' Vater."

Roxannes Gesicht erhellte sich. „Ich wusste, du würdest das hinkriegen. Ich freue mich so für euch beide." Sie streckte eine Hand aus, um diejenige von Evan zu schütteln. „Ich weiß übrigens, wer du bist. Es ist schwer, ein Gesicht wie deines aus dem Fernsehen zu vergessen." Sie zwinkerte. „Behandle meine Freundin gut, oder du wirst von mir hören."

„Das werde ich", sagte Evan, grinste und küsste Katie auf die Stirn.

„Ich muss los, tut mir leid, dass ich nicht hierbleiben kann. James ist gerade von seinem Nickerchen aufgewacht, er ist im Kinderzimmer", sagte Roxanne.

Evan betrachtete es als ein gutes Zeichen, dass Roxanne nicht außer sich war. Also hatte James sich nicht versehentlich vor ihren Augen verwandelt, während Katie weggewesen war. Als Roxanne hinter ihnen verschwand und er und Katie das Haus betraten, begann die Freude, die er empfunden hatte, von Katies bester Freundin akzeptiert worden zu sein, zu schwinden, und wurde durch die gespannte Erwartung ersetzt, seinen Sohn kennenzulernen.

Er wollte ein guter Vater sein. Er würde alles in seiner Macht Stehende tun. Selbst wenn James ihn aus irgendeinem Grund nicht auf Anhieb mögen sollte, würde er sich davon nicht abhalten lassen. Er würde auch James' Zuneigung gewinnen, so wie er die von Katie gewonnen hatte.

Aber als Katie James holte und die beiden aus dem Kinderzimmer kamen, wurde Evan sofort klar, dass er sich überhaupt keine Sorgen hätte machen müssen. Der kleine Junge strahlte, als er Evan sah, zappelte in Katies Armen und streckte seine Ärmchen schon von Weitem nach Evan aus. Dieser blieb vorsichtshalber noch stehen, aber seine Freude wurde mit jeder Sekunde größer.

„Okay, okay", sagte Katie und kicherte angesichts von James' Versuchen, sich aus ihrem Griff zu befreien, und setzte ihn schließlich ab.

Er rannte durch den Flur und gegen Evans Bein.

„Hey, kleiner Mann", sagte Evan.

James schlang die Arme um seinen Unterschenkel und fiel dann auf den Hintern. Er sah zu Evan auf, mit etwas, das man nur als Hundeblick beschreiben konnte. Keiner von beiden sagte etwas, sondern sie starrten sich nur in einem stummen Willenskampf an. Evan gewann, und James blinzelte schläfrig und rieb sein Gesicht an Evans Bein.

Evan kniete sich hin, damit er James hochheben konnte. Dieser ließ es zu und klammerte sich sofort an Evans Schulter. „Dad", sagte er.

Evan und Katie stießen beide gleichzeitig die Luft aus, und er begegnete ihrem Blick am anderen Ende des Flurs. Er war so voller Liebe für sie und James, und er konnte dasselbe in ihren Augen sehen. Sie ging langsam auf ihn und James zu, und Evan vergrub sein Gesicht an James' Schulterchen. Er schämte sich nicht, zuzugeben, dass ihm das Herz dahinschmolz. Er war überglücklich, von der Liebe seines Lebens und seinem eigenen Sohn akzeptiert zu werden. Es fühlte sich an, als hätte sich nun endlich alles zusammengefügt.

Katie erreichte die beiden und schlang ihre Arme um James und Evan. „Ich glaube, du weißt, was ich dir gleich sagen werde", sagte sie und küsste Evan ganz leicht auf die Lippen.

Er nickte und zog sie an sich.

Katie sagte es trotzdem. „Wir sind Gefährten."

13

KATIE

Evan verbrachte die Nacht in Katies Haus, und diese wachte in seinen Armen auf … Aber leider war die Wohligkeit und die Zufriedenheit, die sie dank seiner Anwesenheit empfand, nur von kurzer Dauer. Ihr Handy summte, wieder einmal, und störte ihren perfekten Zustand der Glückseligkeit. Evan wachte bei diesem Geräusch ebenfalls auf, ließ sich davon aber nicht stören. Sie griff nach ihrem Handy, kannte jedoch die Nummer nicht. Also lehnte sie den Anruf ab und kuschelte sich wieder in Evans Arme.

„Was ist es dieses Mal?", fragte Evan.

Sein Ton war unbekümmert und ein wenig neckisch, aber es lag auch ein klitzekleiner Hauch Besorgnis darin. Sie küsste sein Schlüsselbein. „Wahrscheinlich nur eine falsche Nummer", meinte sie. „Lass uns weiterschlafen."

Evan sagte nichts darauf und drückte sie nur. Obwohl Katie wahrscheinlich recht hatte, dass es nur eine falsche Nummer gewesen war, wurde sie das ungute Gefühl nicht los, dass mehr dahintersteckte. Woher kam dieses Gefühl nur?

Sie setzte sich auf, gerade als jemand gegen ihre Haustür hämmerte. Das laute Geräusch ließ sie aufspringen. „Was zum …", hob sie an.

Das Klopfen hörte nicht auf, und im anderen Zimmer begann James zu weinen. Katie rieb sich den Schlaf aus den Augen und wurde langsam wütend. Warum nahm derjenige, der an ihre Tür hämmerte, keine Rücksicht auf die Tatsache, dass sie einen kleinen Sohn hatte?

„Kannst du bitte nach James sehen?", murmelte sie. „Ich sehe nach, wer es ist."

„Okay", sagte Evan. „Ich werde ihn beruhigen."

„Hoffentlich ist es etwas Wichtiges, sonst kann sich derjenige auf etwas gefasst machen."

Evan lachte. „Lass uns keine voreiligen Schlüsse ziehen."

Sie zogen sich an, und Katie fluchte leise vor sich hin, da sie sich so früh am Morgen von Evan hatte lösen müssen. Als sie zur Haustür ging, hörte sie, wie er James beruhigte, und dieser wurde fast augenblicklich still. Es machte sie so glücklich, dass James Evan so sehr mochte, denn sie liebte Evan und hätte es nicht ertragen, wenn er und James sich nicht gemocht hätten. Zum Glück war das nicht der Fall.

Das Hämmern an der Tür ging weiter, und Katie öffnete sie wütend. „Was zum Teufel ist Ihr Problem? Es ist noch nicht einmal sieben Uhr morgens, und Sie wecken mein Kind …"

Plötzlich stockte Katie und presste die Lippen aufeinander, um nicht zu schreien, als sie sah, wer vor ihrer Tür stand. Carl. Er stank nach Alkohol, und seine Kleidung war fleckig, als hätte er irgendwo im Dreck eingeschlafen.

„Hi, Katie", lallte er.

„Verschwinden Sie von meinem Grundstück", zischte Katie. „Haben Sie mein Nein nicht verstanden? Was ist los mit Ihnen?"

Wut blitzte in Carls Augen auf. „Ich habe dir gesagt, dass du so nicht mit mir reden darfst." Er streckte die Hand mit einer Geschwindigkeit nach vorne, die seiner Trunkenheit trotzte, und Katie kreischte und schlug die Tür auf seinem Arm zu. Sie taumelte nach hinten, und er heulte auf, fluchte und schrie wütend. „Du willst deinen Job nicht zurück, schön. Aber du darfst mich nicht immer wieder so abweisen."

Er fing an, mit Katie um die Tür zu ringen. Sie setzte ihr ganzes Gewicht ein, um sie zuzuschieben, aber er war größer und stärker als sie, und sie konnte ihn nicht lange zurückhalten. Er stellte einen Fuß in die Schwelle und hinderte sie daran, die Tür zuzuschlagen. Sie schrie vor Schmerz auf, als er sie mit voller Wucht nach hinten drückte und Katie gegen die Wand schleuderte. Schwere Schritte ertönten hinter ihr, und Katie sackte zu Boden, als Evan herbeistürzte, seine Fäuste ballte und Carl mitten ins Gesicht schlug.

Dann schob er ihn zur Tür hinaus und schützte sie dabei mit seinem Körper, während sie mühsam aufstand. Ihr Herz raste. Sie konnte nicht glauben, was gerade passiert war. Für wen hielt Carl sich, frühmorgens zu ihr nach Hause zu kommen und sie anzugreifen? Sie hatte ein Kind! Carl musste den Verstand verloren haben.

Er stolperte benommen die Eingangsstufen hinunter, und sein Blick huschte zwischen Katie und Evan hin und her.

„So ist das also, hm", sagte Carl. „Ich bin nicht gut genug für dich, nicht wahr? Hast du deine Meinung über mich geändert, sobald du jemand Besseren gefunden hast?"

„Ich wollte *nie* etwas mit Ihnen zu tun haben", schrie Katie. „Ich bin nur aus der Not heraus bei diesem Job geblieben. Wenn ich eine Wahl gehabt hätte, wäre ich sofort gegangen, als Sie versucht haben, mich anzugrabschen." Sie zitterte vor Wut und konnte sich nicht mehr beherrschen. Wenn Evan nicht die Tür blockiert hätte, wäre sie hinausgerannt und hätte ihm selbst eine verpasst.

„Du belügst dich doch nur selbst."

„Katie hat gesagt, dass sie nichts mit Ihnen zu tun haben will", sagte Evan mit ruhiger Stimme. Gefährlich ruhig. „Also verschwinden Sie von hier, bevor ich Ihnen Beine mache."

Carl knurrte und tat so, als wollte er Evan angreifen, aber er besann sich eines Besseren und machte sich davon. Als er um die Ecke stolperte, knallte Evan die Tür zu und zog Katie an sich. Sie schmiegte sich an seinen Körper und atmete stoßweise gegen seine Brust.

„Ganz ruhig", sagte er. „Du bist jetzt in Sicherheit." Er strich mit der Hand über ihren Rücken und war ihr eine Stütze, die ihr Halt gab. Ansonsten wäre Katie an Ort und Stelle zusammengebrochen. Er hielt sie ein paar Minuten lang in seinen Armen, dann gingen sie in die Küche, um Kaffee zu kochen. „Wer war dieser Dreckskerl?"

Katie schüttelte den Kopf. „Er ist es nicht wert, darüber zu reden. Er war nur mein ehemaliger Chef, der dachte, er könnte mit den jungen Frauen auf der Arbeit machen, was er wollte. Ich habe sein Fehlverhalten gemeldet, aber anscheinend wurde nichts dagegen unternommen, nachdem ich gegangen war."

Evan stellte die Kaffeetasse ruhig auf dem Tisch ab, aber seine Augen verrieten seine Wut. „Ich bin froh, dass du nicht mehr dort arbeitest", sagte er, „denn jetzt muss ich dich nicht darum bitten, dass du kündigst."

Katie musste lächeln. Es bedeutete ihr sehr viel, wie fürsorglich Evan war. Sie hatte Carls Verhalten um ihrer

Gehaltsschecks willen viel zu lange ertragen. Gefeuert zu werden war das Beste, was ihr je passiert war.

„Ich muss mir einen neuen Job suchen, aber darum kümmere ich mich nächste Woche", erwiderte sie.

„Wenn du wirklich weiterarbeiten willst, könnte ich dir problemlos eine Stelle bei InnoCell beschaffen", schlug Evan vor. „Du könntest meine neue Sekretärin werden. Ich habe schon immer davon geträumt, im Büro auf dem Tisch zu ..."

Katie grinste, und seine Witze hellten ihre Stimmung ein wenig auf. Das konnte sie auch gebrauchen nach dem Erlebnis mit Carl. Diese unschöne Begegnung verblasste bereits langsam aus ihrem Gedächtnis, und bald würde diese Zeit ihres Lebens, in dem sie in seinem Salon gearbeitet hatte, ganz verschwinden.

„Danke für das Angebot, das bedeutet mir viel", sagte sie.

„Aber?"

„Nun, ich liebe es, mit Frisuren zu arbeiten, und ich bezweifle, dass InnoCell Stylisten einstellt."

„Stimmt, aber ich wäre bereit, eine Ausnahme zu machen." Evan nippte an seinem Kaffee und dachte darüber nach. „Aber wenn ich ganz ehrlich bin, gibt es hier nur eine ideale Lösung."

Daraufhin hob Katie eine Augenbraue. „Und was wäre das?"

Während sie darauf wartete, dass Evan ihr antwortete, trank sie einen Schluck von ihrem Kaffee. Die warme, bittere Flüssigkeit machte sie langsam wach und beruhigte ihre Aufregung. Mit Evans Hilfe würde sie Carl nie wiedersehen müssen. Wenigstens das war gut. Sie wünschte sich immer noch, er wäre niemals hier aufgetaucht.

„Ich wollte dich eigentlich nicht so früh fragen, aber

nach dem, was mit deinem Chef passiert ist ... Vielleicht wäre es das Beste, wenn du bei mir einziehst. Anstatt zu arbeiten, könntest du dich Vollzeit um James kümmern", sagte Evan. „Oder du könntest dir einen Friseursalon in einem meiner Gästezimmer einrichten, wenn du willst. Irgendetwas, um dich von diesem Haus wegzubringen, wo Carl dich leicht wiederfinden könnte."

Katies Augen leuchteten bei diesem Vorschlag auf. Sie hatte es nie für möglich gehalten, dass sie vielleicht sowohl mehr Zeit mit ihrem Sohn verbringen als auch ihrer Leidenschaft für Haare nachgehen könnte. Es schien bisher immer ein unmögliches Ziel zu sein. Doch dank Evan war es zum Greifen nah.

„Das würde ich gerne", antwortete Katie. „Wenn das für dich in Ordnung wäre."

„Dass du glücklich bist, ist für mich wichtiger als alles andere", sagte Evan. „Und ich weiß, wie viel James dir bedeutet."

Katie und Evan beugten sich über den Tisch, um sich zu küssen, und als sie sich berührten, fühlte es sich an, als wäre Katies Welt nun endlich komplett. Wie hatte sie nur so viel Glück haben können, einen so wunderbaren Partner zu finden? Noch vor wenigen Wochen hatte sie sich durchs Leben geschleppt, war kaum über die Runden gekommen und hatte sich Sorgen gemacht, dass James krank war. Ihr plötzliches Auftauchen bei InnoCell hatte ihr ganzes Leben zum Besseren gewendet. Jetzt war sie mit ihrem Gefährten zusammen und konnte, gemeinsam mit ihrem Sohn, ein neues Leben beginnen.

KATIE DREHTE die Kaffeetasse in ihren Händen, nervös darüber, warum ihre Mutter sich verspätete. Evan legte seine Hand auf die ihre und beruhigte sie mit dieser einfachen Geste.

„Entspann dich", sagte er, „sie wird jeden Moment hier sein."

James spielte am anderen Ende des Tisches, und Katie suchte die Leute im Restaurant auf der Suche nach ihrer Mutter ab. Ein Monat war vergangen, seit sie bei Evan eingezogen war und sie ihre Beziehung offiziell gemacht hatten. Die Zeit war im Nu vergangen, und obwohl Katie sich sehnlichst wünschte, dass ihre Mutter und Evan sich endlich kennenlernten, war sie so nervös wie noch nie in ihrem Leben. Sie wollte unbedingt, dass ihre Mutter und Evan sich vertrugen, dass Mara Evan erkannte, dass sie sich jahrelang in ihm und Katie getäuscht hatte und dass sich niemand einen besseren Lebensgefährten als ihn wünschen könnte.

Verspätete sie sich, um Katie zu ärgern, oder war etwas passiert? Bei ihrer Mutter war das schwer zu sagen. Katie hoffte einfach, dass sie irgendwann auftauchen würde. Jahrelang hatten sie und ihre Mutter ein schwieriges Verhältnis gehabt, und Evan hatte darauf bestanden, die beiden wieder zusammenzuführen. Wäre er nicht so hartnäckig gewesen, hätte sie noch ein wenig gewartet. Aber vielleicht war es das Beste, es hinter sich zu bringen. Evan war jetzt in ihrem Leben, und ihre Mutter musste sich entweder damit abfinden, oder Katie würde sie ausschließen müssen. Da Katie Mara trotz ihres herzlosen Verhaltens innig liebte, wäre ihr das jedoch nicht leichtgefallen.

Ein paar Minuten später betrat Mara das Lokal. Katie

winkte ihr, und sie setzte sich zu ihnen an den Tisch neben James. Er wurde bei ihrem Anblick munter und versuchte, ihr eines seiner Spielzeuge zu reichen. Mara nahm es, und während sie geistesabwesend mit ihm spielte, sah sie Katie und Evan an.

„Ich nehme an, du bist der verantwortungslose Vater meines Enkels", sagte Mara.

Katie kaute an der Innenseite ihrer Wange. „Mutter, das ist Evan."

Er griff über den Tisch, um Maras Hand zu schütteln. Sie nahm sie, unsicher. Es war ein gutes Zeichen, dass sie ihn nicht abgewiesen hatte, aber bei Mara konnte man nie wissen – sie könnte urplötzlich ihre Meinung ändern.

„Es ist so schön, dich endlich kennenzulernen", sagte er. „Katie spricht oft von dir."

Katie hatte nicht erwartet, dass er das sagen würde. Sie sprach viel über ihre Mutter, das stimmte, und zwar nicht nur, weil sie ihrem Ärger über sie Luft machte.

„Ja wirklich?", fragte Mara und sah Katie misstrauisch an.

„Ich weiß, dass ihr wegen mir eine Zeit lang zerstritten wart. Aber ich möchte, dass du weißt, dass ich die volle Verantwortung für die Schwierigkeiten übernehme, die deine Tochter während meiner Abwesenheit zu erleiden hatte. Ich werde mich für den Rest meines Lebens darum bemühen, das bei ihr, bei dir und James wiedergutzumachen."

Katies Magen krampfte sich zusammen. Das war *ganz und gar* nicht das, was sie erwartet hatte. Was war aus all dem geworden, was sie beschlossen hatten zu sagen? Darüber, wie gut ihre Beziehung jetzt lief? „Evan, du musst das nicht tun ..."

Evan nahm ihre Hand und küsste jeden einzelnen ihrer

Fingerknöchel. Schmetterlinge flatterten in Katies Bauch, und er hörte auf zu sprechen. Er blickte wieder zu Mara.

„Ich hoffe nur, dass du mir die Gelegenheit dazu gibst", sagte er. „Katie liebt dich sehr, und ich möchte dem nicht im Weg stehen."

Mara lächelte und schaute dann zu Katie. Sie lehnte sich ein wenig vor und tat so, als würde sie flüstern. „Ich mag ihn", sagte sie.

Und dann brachen sie und Katie in Gelächter aus.

„Mama ..."

Mara legte eine Hand auf die von Katie. „Meine Tochter ... Ich weiß, ich war zu hart zu dir, und ich weiß, es hat dich belastet ... Aber ich konnte mich einfach nicht dazu durchringen, mich zu entschuldigen. Du hattest recht, als ich dich das letzte Mal gesehen habe ... Ich habe zu lange meine Sorgen und Ängste auf dich projiziert, ohne wirklich wissen zu wollen, was tatsächlich passiert ist. Jetzt bist du hier mit Evan, der ein wunderbarer Mann zu sein scheint. Ich hoffe, er macht dich glücklich. Das hast du wirklich verdient."

„Danke, Mama", sagte Katie. „Ich hoffe, wir können dich von nun an öfter sehen."

„Darauf kannst du dich verlassen. Warum mache ich dich nicht zu meiner neuen Friseurin? All meine Freundinnen sagen, du wärst die Beste."

Katie lächelte nur und brachte kein Wort mehr heraus. Sie war mit keinerlei Erwartungen hierhergekommen, und jetzt fühlte es sich so an, als wäre ihr alles, was sie sich jemals gewünscht hatte, innerhalb von zwei Monaten in den Schoß gefallen: Evan, mehr Zeit mit James, ein Salon zu Hause und jetzt auch noch die Möglichkeit, die Beziehung zu ihrer Mutter zu verbessern ... Was könnte sie sich mehr wünschen?

14

EVAN

Den dreißigsten, perfekten Morgen in Folge wachte Evan mit Katie in seinen Armen auf. Er atmete ihren Lavendelduft ein. Wenn sie aufstehen würde, würde sein Bett weiterhin nach ihr riechen. Aber nicht nur das, sie war überall in seinem Haus. Ihr Krimskrams im Waschraum und in der Küche, ihre Kleidung und ihre Habseligkeiten, die neben seinen lagen oder hingen. Ganz zu schweigen von James' Spielzeug im Zimmer gegenüber, das oft im Haus verstreut herumlag. Alles erinnerte ihn daran, welch erstaunliche Wendung sein Leben genommen hatte. Im Vergleich zu früher wirkte alles, was er hatte, bevor Katie wieder in sein Leben getreten war, einfach nur leer. Wie hatte er überhaupt ohne sie leben können?

Jetzt, wo sie zusammen waren, würde er sich darüber nie wieder Gedanken machen müssen. Sie würden für immer zusammen sein, und sie würden auch ihren Sohn aufwachsen sehen.

Unter den Laken tastete Katie zwischen Evans Beine. Er war bereits hart, so wie er es morgens immer war, und es war zur Routine geworden, den Tag mit Sex zu beginnen, bevor James aufwachte. Es gab nichts Schöneres, als zu wissen, dass er jeden Morgen neben dieser wunderschönen Frau aufwachen würde, die ihn genauso begehrte wie er sie. In der Regel hielten sie es nicht lange ohne einander aus, und heute war keine Ausnahme.

Er stöhnte, als sie ihn streichelte, und ließ zu, dass ihn seine sich steigernde Lust langsam in den Wachzustand beförderte. „So aufgeweckt zu werden, wird mir nie langweilig werden", sagte er, noch im Halbschlaf. An einem anderen Morgen war er als Erster aufgewacht und hatte sie stattdessen wach geküsst.

„Das sollte es auch besser nicht", hatte sie geflüstert. „Ansonsten wird es eine lange Ewigkeit."

Katie hatte die Tatsache, dass sie unsterblich sein würde, viel schneller angenommen, als er erwartet hatte. Vielleicht hatte es an dem Wissen gelegen, dass sie zusammen mit ihrem Sohn unsterblich sein würde, das es ihr leicht gemacht hatte, das zu akzeptieren. Oder vielleicht würden sie sich einfach damit auseinandersetzen, während sie ihr Leben lebten. Wer wusste das schon? Aber jetzt zählte nur die sich steigernde Hitze in ihm und Katies Streicheleinheiten ...

Er drehte sich auf die Seite, und während sie ihn streichelte, fuhr er mit seinen Fingern ihren Bauch hinunter. Sie erbebte und seufzte auf eine Art, die ihn immer erregte, und er berührte ihre Schenkel. Als er ihren Kitzler fand, umschloss ihre Hand seinen Schwanz fester und wurde entschlossener, ihn zu befriedigen. Bei jedem Auf und Ab ihrer Hand glitt er mit dem Daumen über ihre Klitoris. Sie stöhnte und bewegte ihre Hüften gegen seine Hand, während sie seinen Schwanz bearbeitete. Ihr Verlangen füreinander war brennend heiß und alles versengend, und in Momenten wie diesen waren sie perfekt auf die Bedürfnisse des anderen eingestimmt. Er drückte ihren Kitzler fester, was ihr ein Keuchen entlockte. Aber er brauchte mehr als das von ihr. Er wollte ihr ganz andere Töne entlocken.

Mit einem weiteren Finger spielte er an ihrem Eingang. Sie bewegte ihre Hüften und versuchte, ihn hineinzubekommen, aber er ließ sie nicht ganz. Sie streichelte ihn heftig und forderte allein mit ihren Bewegungen mehr. Er liebte es, wie leidenschaftlich sie so früh am Morgen war und dass sie beide nicht genug voneinander bekommen konnten. Nicht nur das, er liebte *sie*, und er freute sich auf endlos viele Jahre, in denen er ihren Körper würde erforschen können. Er wollte jeden Tag ausprobieren, was ihr gefiel, und jeden Tag dazulernen. Momentan hielt er sich noch etwas zurück und tat das, von dem er wusste, dass es ihr gefiel. Er nutzte seine Erfolgsstrategien, um ihr bei jedem Liebesspiel mehr Vergnügen zu bereiten, denn er merkte sich immer gut, was sie anturnte und was nicht.

„Mmmm", stöhnte Katie und bebte vor Vorfreude auf Evans Berührung.

Schließlich schob Evan seinen Finger in sie hinein, und dann noch einen, und streichelte ihre Wände, bis sie ihm ein persönliches Musical sang. Hingebungsvoll entlockte er ihr ganz neue Töne und trieb sie immer näher an den Rand der Ekstase. Zuerst hielt Katie mit ihm Schritt, bearbeitete seinen Schwanz mit starken, gleichmäßigen Bewegungen und baute heiße Wellen der Lust in ihm auf. Er brauchte sie, aber er brauchte auch ihr Stöhnen und wollte ihr noch mehr Schreie entlocken. Es hatte etwas so Anturnendes, sie so wild vor Verlangen nach ihm zu machen, dass sie kaum atmen konnte.

Er krümmte seine Finger und entlockte ihr Schreie, bis

ihr Stöhnen zu einem unzusammenhängenden Keuchen wurde und sie sich zitternd dalag und ihre feuchten Wände um seine Finger drückte. Dann beugte er sich vor und küsste sie sanft auf die Lippen. Sie nahm seinen Kuss an, zunächst ebenfalls sanft, aber ihr Hunger füreinander löste schnell einen Flächenbrand aus. Er bahnte sich seinen Weg an die Oberfläche, und ihre Münder wurden zu Kanälen für ihr grenzenloses Verlangen nacheinander.

Diesmal bewegte sich Katie schneller. Sie drückte ihn auf den Rücken und setzte sich auf ihn. Sein harter Schwanz ruhte flach an ihrer Muschi, und sie bewegte sich hin und her, um ihn mit ihrer Nässe zu reizen. Fuck, das fühlte sich so gut an. Sie wusste immer genau, was er brauchte. Er legte seine Hände auf ihre Hüften und schob sie vor und zurück, brachte sie in einen gleichmäßigen Rhythmus, der sich allmählich steigerte, bis es keiner von ihnen mehr aushielt.

Er hob sie ein wenig hoch, und sie packte seinen Schwanz. In Sekundenschnelle ließ sie sich auf ihn fallen, und er war in ihr und füllte sie bis zum Rand aus. Sie stöhnten gemeinsam, und Katie bog den Rücken nach hinten, wippte mit den Hüften und drückte ihn so tief wie möglich in sich hinein. Evan spielte mit ihrer Klitoris, während sie sich auf ihm hob und senkte, zitternd und bebend vor Lust und Anstrengung. Sie war heiß und feucht um ihn herum und drückte bei jeder Bewegung ihrer Hüften fester zu. Sie war so schön, jeder Teil von ihr. Nicht nur, wenn sie sich in Ekstase befand, sondern jeden Tag. Sie war so voller Leben und Freude, dass es ansteckend war. Evan fühlte sich so viel glücklicher, wenn sie bei ihm war.

Sie war nahe dran, er konnte es spüren, wie sie keuchte und stöhnte, so überwältigt von ihrer Lust, dass ihre Bewegungen ungleichmäßig wurden. Also zog Evan sie zu sich herunter. Er schlang die Arme um sie, hielt sie fest und genoss das Gefühl ihrer Brüste an seiner Brust. Er stemmte seine Hüften gegen ihre, stieß in sie hinein und steigerte ihrer beider Verlangen ins Unermessliche. Katie war alles für ihn, sein Schlüssel zum Glück und zu allem, was er im Leben brauchte.

Er küsste sie, leidenschaftlich und atemlos. „Ich liebe dich", keuchte er, und er pulsierte und pochte in ihr und bewegte sich mit ihr immer näher an den Rand der Ekstase.

Ihr Atem war ein Flüstern auf seinen Lippen, als sie hauchte: „Ich liebe dich auch." Das war alles, was Evan brauchte, um sie beide über den Rand zu stoßen. Ihr Kuss dämpfte ihre Schreie, und ihre Liebe füreinander verschmolz zu etwas Hellem und Wunderschönem und ließ sie beide in einer Wolke aus Leidenschaft und Lust zurück. So lagen sie eine Weile da, viel länger als sonst, bevor sie endlich wieder genug Kraft hatten, um aufzustehen und den Tag zu begrüßen.

DA EVAN DARAUF BESTANDEN HATTE, Katies Mutter kennenzulernen, konnte er es nicht länger hinauszögern, sie seinen besten Freunden vorzustellen. Er hatte alle Jungs zu einem kleinen Beisammensein zu sich nach Hause eingeladen, aber nur Troy und Liam hatten kommen können. Die anderen waren gerade mit einem wichtigen Projekt beschäftigt. Aber Evan wollte Katie nicht länger warten lassen. Es würde später genug Gelegenheiten geben, die anderen kennenzulernen. Im Moment war er einfach nur froh, dass zwei seiner besten Freunde kommen konnten.

Katie und Evan kochten gerade zusammen das Abend-essen, als Liam und Troy eintrafen. Der Duft des Bratens erfüllte das Haus und ließ das Wohnzimmer noch viel wärmer und einladender wirken als sonst. Es war nicht nur das Essen. Es lag auch daran, dass mehr Leute da waren, nicht nur er allein. Dieses Haus war dafür gedacht, von einer Familie bewohnt zu werden, so wie es sein Vater vorgehabt hatte, als es gebaut worden war. Jetzt lebte Evans Familie hier, so wie er früher mit seinen Eltern hier gelebt hatte. Er hoffte, dass Katie sie eines Tages ebenfalls kennen-lernen würde. Gerade machten sie eine Weltreise, aber es würde wahrscheinlich nicht mehr lange dauern, bis sie nach Blackfall zurückkehrten.

„Hey, Bruder!", rief Troy, und er und Evan stießen mit den Fäusten aneinander; eine alte Begrüßung, die er seit dem College nicht mehr benutzt hatte. „Danke, dass wir kommen durften."

Evan führte ihn und Liam in die Küche, wo Katie immer noch am Kochen war. „Katie", sagte er, „das ist Liam, und das hier ist Troy."

Sie strahlte, als sie die beiden erblickte, und sie lief um den Tresen herum, um die beiden zu umarmen. „Es ist so schön, euch kennenzulernen", sagte sie. „Ich weiß, dass ihr alle sehr beschäftigt seid, also vielen Dank, dass ihr heute kommen konntet."

Es wurde Evan ganz warm ums Herz, als er sah, wie sehr Katie sich freute, die beiden kennenzulernen. Er hatte sich schlecht gefühlt, weil es so lange gedauert hatte. Es hatte zum Teil daran gelegen, dass er sie zunächst für sich hatte haben wollen. Obwohl sie nun schon seit einem Monat zusammenlebten, gab es immer noch Tage, an denen Evan neben Katies wunderschönem Gesicht aufwachte und dachte, er würde in einem Traum leben, der sich immer wiederholte.

Katie und James waren das Zentrum seiner Welt, aber auch seine Freunde waren ihm wichtig, genau wie seine Arbeit. Sie waren jetzt alle seine Familie.

„Es ist kaum zu glauben", sagte Troy, „aber dich gibt es wirklich!"

„Hey, also wirklich", lachte Evan. „Ich habe euch doch gesagt, dass sie euch kennenlernen will. Es ist nicht meine Schuld, dass ihr so lange gebraucht habt, um meine Einladung anzunehmen."

Liam grinste. „Er wollte sich nur an dir rächen, weil du damals behauptet hast, seine Gefährtin wäre ein Chatbot."

„Bei Troy kann man nie wissen, seien wir ehrlich."

„Aber im Ernst", sagte Troy und ergriff Katies Hände. „Willkommen in der Familie. Evan ist so viel glücklicher, seit er dich gefunden hat. Wir können dir nicht genug dafür danken, dass du sein Leben bereicherst."

Katie stiegen Tränen in die Augen. „Es ist Evan, der mein Leben bereichert hat."

In diesem Augenblick kam James den Flur hinuntergerannt und wedelte mit einem seiner Drachen-Stofftiere. „Grrrrrr!", rief er, und alle lachten. Er blieb neugierig vor Liam und Troy stehen.

Troy ließ sich auf ein Knie nieder, um auf Augenhöhe mit ihm zu sein. „Und dieser Wilde hier muss James sein. Du bist in echt noch viel furchterregender."

James kicherte und rannte wieder los, wobei er wieder Drachengeräusche machte. Er hatte definitiv eine seltsame Art zu spielen entwickelt. Als er wieder verschwunden war, holte Evan ein paar Biere aus dem Kühlschrank und reichte sie herum.

Liam machte seines auf. „Evan hat mir erzählt, dass du Stylistin bist?"

„Das stimmt", erwiderte Katie. „Ich betreibe jetzt einen kleinen Schönheitssalon im hinteren Teil des Hauses."

„Das muss ich Anna und den anderen Frauen sagen", sagte Troy. „Ich bin sicher, sie würden gerne vorbeikommen und sehen, was du kannst."

„Das würde mich freuen. Gib ihnen einfach meine Nummer, und sie können kommen, wann immer sie wollen. Es wäre schön, sie kennenzulernen."

Den restlichen Abend hindurch saßen Katie, Evan, Liam, Troy und ab und zu James in der Küche und später im Essbereich, plauderten und lernten sich besser kennen. Es machte Evan so glücklich, dass seine Freunde und seine Gefährtin sich so gut verstanden, als würden sie sich schon ihr halbes Leben lang kennen. Als er sie alle lachen hörte und sah, wie gut sie sich amüsierten, wusste Evan, dass ihre Zukunft strahlend werden würde.

Auf der anderen Seite des Zimmers hob Katie James hoch. Evans und Katies Blicke trafen sich, und ihm stockte der Atem. Sie war die Liebe seines Lebens, und das hier war nur der erste Schritt von so vielen in ihr neues, gemeinsames Leben. Er freute sich auf jede Sekunde mit ihr, sowohl auf die guten als auch auf die schlechten.

ENDE

ÜBER JADA COX

Jada Cox ist völlig vernarrt in diese drei Dinge: ihren zauberhaften Sohn, ihren gut aussehenden Ehemann, der einem Bärengestaltwandler zum Verwechseln ähnlich sieht, und in das Schreiben von Gestaltwandler-Liebesgeschichten. Sie hat das große Glück, dass all diese Dinge Teil ihres Lebens sind! In Jada Cox Büchern wimmelt es von starken Frauen, super-sexy Gestaltwandlern und rasanten Actionszenen. Werfe auch einen Blick in ihre Bücher und tauche ein in diese faszinierende Welt.

Besuche meine Autorenseite auf Amazon und klicke auf "Folgen", um Benachrichtigungen zu Neuerscheinungen zu erhalten.

Für noch mehr Updates, Previews und Angebote besuche und like meine Facebookseite.

BÜCHER VON JADA COX

"Drachen-Schatzinsel" Buchreihe
Eine warme, herrliche Insel voller Edelsteine, Gold und ... heißer Drachen. Ja, das ist der Stoff, aus dem Frauenträume gemacht sind. Diese Drachen bewachen die Insel und ihre Schätze, aber wenn sie die Frau erblicken, für die sie bestimmt sind, haben sie ganz andere Dinge im Kopf: sich zu paaren, sie zu beschützen, koste es, was es wolle – und ein Kind zu zeugen ...

Perlendrache
Golddrache
Saphirdrache
Rubindrache
Diamantdrache
Opaldrache

"Drachen-Milliardärsimperium" Buchreihe
Sechs heiße Drachen, die den Himmel und die Herzen

der Frauen beherrschen ... Willkommen beim Drachen-Milliardärsimperium, wo Geld, Ruhm und Reichtum nur das Fundament für etwas viel Größeres bilden: leidenschaftliche Liebe und magische Gefährtenverbindungen.

Magmadrache

Eisdrache

Donnerdrache

Bergdrache

Schattendrache

Eisendrache

"Villa der Drachen" Buchreihe

In „Villa der Drachen" geht es um sechs super-sexy, muskelbepackte Drachen, die jede Frau dahinschmelzen lassen und andere Männer neidisch machen. Sobald du ihr vor Testosteron triefendes Haus betrittst, ist es um dich geschehen. Also lass dir eines gesagt sein: Geh nie dort hinein. Besonders nicht allein.

Milliardär Drache

Böser Drache

Großer Drache

Dreister Drache

Feuriger Drache

Dominanter Drache

"Elementardrachen" Buchreihe

„Elementardrachen" ist eine Buchreihe mit paranor-

malen Liebesgeschichten über sechs sehr heiße Drachen-
brüder mit ausgeprägtem Beschützerinstinkt, die alles dafür
tun würden, um ihre Seelengefährtinnen vor Unheil zu
bewahren.

Des Drachen Nanny
Des Drachen Baby
Des Drachen Leihmutter
Des Drachen vorgetäuschte Freundin
Die drei Gefährten der Drachin

www.ingramcontent.com/pod-product-compliance
Lightning Source LLC
Chambersburg PA
CBHW071524170626
46811CB00007B/2938